KB084204

만일 내가 다시 아이를 키운다면

먼저 아이의 자존심을 세워 주고

집은 나중에 세우리라

- 다이애나 루먼스 〈만일 내가 다시 아이를 키운다면〉

다시 아이를 키운다면

박혜란 할머니가 젊은 부모들에게 주는
맘 편한 육아 이야기

나무를심는사람들

—

책도 아이들처럼 자라나 보다

23년 전 펴낸 『믿는 만큼 자라는 아이들』로 엉겹결에 '육아의 달인' 타이틀을 얻었던 나는 다섯 손주의 할머니가 된 뒤에야 비로소 자신이 얼마나 서투르고 부족한 엄마였는지 깨달았다.

만약 시간을 되돌릴 수만 있다면 이번엔 정말 아이를 잘 키울 수 있을 것 같다는 뒤늦은 아쉬움, 그리고 예전의 나처럼 육아의 무게에 짓눌려 허우적대느라고 육아의 기쁨을 누릴 겨를이 없는 후배엄마들에 대한 안타까움이 『다시 아이를 키운다면』을 쓰게 만들었다. 벌써 6년 전 일이다.

솔직히 당시엔 젊은 엄마들의 호응에 큰 기대를 하지 않았다. 워낙 숨 가쁘게 돌아가는 세상에서 오래전에 아이를 키운 할머니의 반성과 조언이 무슨 효용이 있을까 싶어서였다. 요즘 젊은이들이 얼마나 발 빠르고 똑똑한데 별 볼 일 없는 아날로그세대의 흘러간 타령에 귀를 기울이겠나.

결과는 의외였다. 책을 외면하는 시대라는데도 책을 찾는 이들이 꾸준히 늘어났고 얼굴을 맞대고 이야기를 해 달라는 요청도 끊이지 않았다. 조급함과 불안함 속에서 갈팡질팡하던 부모들은 내 책에서 육아의 노하우가 아니라 삶의 방향성을 찾을 수 있어 큰 위로를 받는다고 했다. 과분하고 고마운 일이다.

6년은 짧고도 긴 시간이다. 나 자신은 그저 꼬박꼬박 나이를 한 살씩 챙겨 먹은 것밖에 없다. 덕분에 몸도 딱 그만큼 낡아 갔을 뿐이다. 그러나 손주들의 자라는 모습을 보면 6년은 참 긴 것 같다.

6년 전 초등학교에 들어갔던 손자 둘은 올해 중학교에 입학했고 당시 배 속에 있던 막내손녀는 내년에 초등학생이 된다. 아기처럼 보드랍던 손자들은 그사이에 수염이 거뭇거뭇하더니 키가 나를 훌쩍 넘었고, 각기 다른 개성의 손녀들은 멋지고 씩씩하게 커 가고 있다.

책은 나처럼 낡아 가는 게 아니라 아이들처럼 계속 자라나 보다. 이번에 6년 만에 책도 새 옷을 입는 걸 보면.

또 어떤 독자들과 만나게 될지 가슴이 두근거린다.

2019년 5월

박혜란

프롤로그

육아, 잠깐이다

아이들과 씨름할 때가 엊그제인가 싶은데 어느새 그 아이들의 아이들이 눈앞에서 오글거린다. 올해 초등학교 들어간 녀석들 두 명에 여섯 살, 다섯 살, 네 살짜리에다 조만간 태어날 놈까지 합이 여섯이다. 셋을 낳아 여섯을 얻었으니 한마디로 대박이다. 전생에 뭔 일을 했기에 이런 복이.

장가보낸 아들은 내 아들이 아니라 사돈댁 아들이라는데 신통하게도 우리 세 아들은 주말이 되면 거의 빠짐없이 제 식솔들 이끌고 우리 집으로 몰려든다. 휴일의 점심, 저녁거리를 해결하니 좋고, 집에 있으면 하루 종일 놀아 줘야 할 아이들이 엇비슷한 사촌들끼리 어울려 노느라 제 부모는 거들떠도 안 보니 일석이조겠지 하고 인색하게 넘겨짚지만 주위에서는 모두들 요즘 보기 드문 효자들이라고 칭찬이 넘쳐난다. 물론 따라붙는 말이 있다. 아들들이 아무리 효자라 해도 며느리들이 시집에 오는 걸 싫어한다면 어림도 없다고. 세 며느리 모두 시월드 입성을 꺼리지 않는다니 아무래도 시어머니가 전생에 나라를 구했던 모양이라고.

좁은 아파트를 이 방 저 방 우르르 몰려다니며 놀다가 싸우다가 울다가 먹다가 밤이 깊어 부모들이 채근을 하면 5분만, 10분만 하며 더 놀고 싶다고 떼를 쓰는 아이들을 보는 재미는 참으로 쏠쏠하다. 그리고 아이들은 어쩌면 그리도 쑥쑥 크는지. 한주일 만의 변화에 매번 놀란다. 인간이 이렇게 빨리 자라는 존재였던가.

내 또래들은 흔히 자식 키울 때보다 손주들 볼 때가 훨씬 예쁘고 재미있다고 입을 모은다. 내 아이 키울 때는 부모도 아직 젊어 자신의 미래에 대한 확신이 없는 데다 아이들의 미래까지 책임져야 한다는 부담감이 컸기 때문일 게다. 어떻게 하면 아이를 잘 키울 수 있을까 걱정과 욕심이 앞섰으니 아이가 자라는 모습을 즐길 여유가 있을 리 없었다.

그렇다. 손주들을 보고 있노라면 아무 욕심이 안 난다. 그저 아무 탈 없이 착하고 튼튼하게 자라면 그것으로 족하다. 나중에 커서는 제 좋아하는 일을 얻어 밥벌이하면서 그럭저럭 살면 제일이지 싶다. 어렸을 때부터 영재 소릴 듣고 뭐든지 뛰어나서 늘 1등을 놓치지 않아 돈과 지위와 명예를 거머쥐었으면 좋겠다는 소망 따위는 애당초 안 든다. 그런 사람 되면 뭐하겠노? 밥 세끼 먹는 건 마찬가질 텐데 싶어서다.

세상을 이만큼 살다 보니 가끔은 확실하게 보이는 것들이 있다. 나이 덕이다. 내 딴에는 젊었을 때도 남보다 뭔가를 더 잘 안다고 꽤나 건방을 떨었다. 아이들도 세상에 휘둘리지 않고 소신껏 키웠다고 자부했다. 아이들이 잘 자라 준 걸 순전히 엄마인 내가 확고한 육아관과 교육관을 갖고 키운 듯 떠들어 댔다. 언제나 느긋하게, 편안하게 아이들이 자라는 모습을 조용히 지켜본 것처럼 자랑하고 다녔다.

하지만 솔직히 터놓자면 나라고 아이들을 키우면서 언제나 즐겁고 편안하기만 한 건 결코 아니었다. 하루에도 몇 번씩 내가 아이를 잘 키우고 있는 걸까, 나중에 후회하지 않을까, 만약 그렇게 되면 어떻게 노후를 편한 맘으로 지낼 수 있을까 등등 배꼽 아래로부터 슬슬 불안한 마음이 피어올라 이내 머리끝까지 사로잡았다. 당연히 그럴 때마다 온갖 핑곗거리를 끌어모아 애꿎은 아이들을 들볶아 댔다.

유전자의 힘은 놀라워서 손주들 얼굴에선 내 아이들의 얼굴이 보인다. 이 티 없는 얼굴을 보기만 해도 행복감에 벅차올라야 마땅했을 텐데 그걸 충분히 누리지 못했던 것 같아 가슴이 아려 온다. 왜 오지도 않은 미래를 걱정하느라 그 황금 같은 시절을 낭비했을까. 왜 더 느긋하게 그때를 즐기지 못했을까.

벌써 17년 전 『믿는 만큼 자라는 아이들』을 펴냈을 때만 해도 난 스스로 꽤 괜찮은 엄마노릇을 했었던 것 같은 착각에 빠졌었다. 아이들을 잘 키워 낸 비법이 여기 있소라며 기억 속에서 그럴듯한 것들만 끄집어내어 늘어놓았다.

하지만 시간이 흐를수록, 아이들이 점점 나이를 먹어갈수록, 그리고 아이들의 아이들이 하나둘 태어나면서 내 마음 깊은 속에선 아쉬움과 부끄러움 같은 감정들이 꾸역꾸역 되살아나기 시작했다. 예전에는 주위에서 참 아이들을 잘 키운 엄마라고 치켜세우면 겉으론 손사래를 치면서도 속으론 그렇구 말구요 맞장구를 쳤었다. 하지만 요즘엔 아이 잘 키운 엄마로 인터뷰를 하자는 요청을 받을 때마다 천리만리 도망가게 된다. 민망해서다. 거절당한 사람 쪽에선 황당한 모양이다. 아니 아이들을 이렇게 키웠소 하고 책까지 낼 때는 언제고 새삼 민망하다니? 추궁하면 이렇게 대답한다. 네, 이젠 사람이 됐나 봐요.

아, 지금 느끼는 것을 그때도 느꼈더라면. 아이 키운 지 백만 년이 지났음에도 난 아직도 가끔씩 자녀교육에 대해 강연해 달라는 요청을 받는다. 아이들이 서른 살이 넘어가고 손주들이 생기기 전까지 한동안은 내 말은 이미 유효기간이 끝났다고 딱 부러지게 거절했는데 요즘은 다시 마음이 바뀌었다. 아직도 내 말을 듣고 싶어 하는 부모들이 끊임없이 이어지는 사실이 신기하고, 또 손주들 덕분에 요즘 아이들을 지근거리에서 관찰하면서 나의 육아에 대한 반성, 그리고 좀 더 나은 육아에 대한 철학이랄까 방법론 같은 것들이 생겨나고 있기 때문이다.

미숙했던 엄마의 뒤늦은 후회를 조금이라도 만회하려고 난 젊은 부모들을 만날 때마다 간곡히 당부한다. 이만큼 살아 보니 아이들을 키우는 시간은 정말 잠깐이더라. 인생에 그토록 재미있고 보람찬 시간은 또다시 오지 않는 것 같더라. 그러니 그렇게 비장한 자세를 잡지 말고, 신경을 곤두세우지 말고, 마음 편하게, 쉽게, 재미있게 그 일을 즐겨라. 생뚱맞게 들리겠지만 부모 마음으로 키우지 말고 손주 보듯

해라. 그러면 만사형통이려니.

씨도 안 먹히는 소리라는 걸 나도 안다. 기껏해야 이제 겨우 서른 줄에 들어섰을 엄마들한테 30년 후의 마음으로 아이를 키우라니, 정말 생뚱맞은 주문 또는 염장 지르는 헛소리로 들릴 게 뻔하다. 그러는 당신은 당신 아이가 손주처럼 보였더냐. 남의 일이라고 그렇게 함부로 말하는 거 아니네.

맞다. 나도 그러지 못했다. 하지만 뒤늦게 깨달은 걸 말도 못할까. 요즘 우리 사회에서 멘토링이라는 게 대유행인데 선배엄마가 후배엄마들한테 훈수를 두는 것도 뭐 그닥 흉잡힐 짓은 아닐 게다. 왜냐하면 날이 갈수록 내 눈에 점점 어리게만 보이는 젊은 부모(특히 엄마)들은 아이들을 키우는 게 아니라 그저 아이들을 닦달하는 것 같다. 한마디로 그들은 아이들에 대해 걱정이 많아도 너무 많다. 아이의 미래에 대한 걱정의 무게에 짓눌려 아이의 현재를 놓치고 있을뿐더러 아이 키우는 즐거움은 아예 사치품으로 멀찍이 밀어 놓는 것만 같다.

내가 손주들이 주렁주렁하다고 자랑하면 간혹 이런 질문을 받기도 한다.

"손주들은 어떻게 키우세요?"

아니, 손주들은 아들 며느리가 키우지 내가 키우나.

난 워낙 매몰찬 편이다. 영원히 만만하게 보이는 내 남편 빼놓고는 자식이건 누구건 잔소리를 별로 하지 않는다. 며느리한텐 더더욱이다. 지네 아이들 지들이 다 알아서 잘 키우겠지.

삶은 선택의 연속이다. 아이를 어떻게 키우냐도 결국 부모의 선택이다. 세상에는 아이 키우기에 대한 가이드가 차고 넘친다. 듣고 읽으면 다 그럴듯하다. 그렇다고 다 따라 할 수는 없다. 남들 하는 대로 한다고들 하는데 그 남들이 대체 누구인가. 내가 따라 하기로 선택한 남들일 뿐이다.

이 책은 내 며느리들을 포함해 지금 이 땅에서 아이들을 키우며 고민하는 젊은 엄마들에게 주는 선배엄마의 육아 반성기쯤으로 읽어주었으면 좋겠다. 육아의 달인이라도 된 듯 아이는 손주 보듯 키워라 라고 그럴듯한 말을 하고 다니지만 솔직히 젊은 엄마들에게 이렇게 키워라, 저렇게 키워라 꼭 짚어서 조언할 자신은 없다.

모든 것은 다 지나가듯이, 육아 또한 잠깐이면 지나간다. 그 잠깐을 걱정으로 채우지 말고 즐거움으로 채워 가면 나머지 인생도 그렇게 채워질 거라고 믿는다.

차례

chapter 2

만일 내가 다시 아이를 키운다면

chapter 3

할머니가 되어 확실하게 말할 수 있는 육아의 지혜

chapter 4

아이만 키우지 말고 나를 키워라

chapter 5

다시 아이를 키워도 변하지 않을 것들

Chapter 1

화내는 엄마, 뜻대로 안 되는 아이들

부모가 아이를 다 키우고 나서 후회하는 것들

"나중에 땅을 치며 후회하면 어떡해요."

해도 너무하다. 요즘 아이들 너무 불쌍하다. 세 살 때부터 이렇게 바삐 몰아치면 고등학생 때는 도대체 어떤 수준까지 아이들을 쥐어짜게 될까. 상상만 해도 지레 숨이 턱 막힌다. 아이도 안됐지만 그걸 시키고 지켜봐야 하는 부모는 마음이 편한가 말이다.

하지만 감상에 젖을 때가 아니다. 무작정 남들이 하는 대로 따라 하는 것이 옳지 않다는 건 알지만 남들을 따라 하지 않았다가 나중에 내 아이만 루저로 살면 어떡하나 하는 불안감을 달랠 길이 없다. 만약 그때 가서 내 아이가 왜 날 다른 아이들처럼 닦달하지 않고 방치했느냐며 부모를 원망하면 그땐 뭐라고 변명할 거냐.

남들 따라 한다고 꼭 잘된다는 보장은 없지만 안 해 보고 후회하느니 해 보고 후회하는 것이 그나마 나은 짓이 아닐까. 적어도 아이한테 할 말은 있으니까. 혹시라도 땅을 치며 후회하는 일만은 스스로 만들지 말아야겠다는 각오가 오늘도 엄마들을 달리게 한다.

물론 자신의 육아방침에 확신을 갖고 일사불란하게 추진해 나가는 이른바 '타이거 맘'들도 결코 적은 수는 아니라고 인정한다. 이런 소신파 엄마들에 따르면 모든 것은 투자한 만큼 거두게 마련이다. 그들은 말한다. 성공한 사람들의 자서전을 읽어 보면 자명해진다, 워낙 가난한 유년시절을 보낸 이들이야 부모의 뒷받침 따위 없이 자신의 노력만으로도 성공했다지만 그들도 유전자만큼은 물려받은 거 아니냐, 우리 아이처럼 천재끼를 타고나지 못한 아이는 부모가 밀어 준 만큼 나아가는 게 진리다.

그러므로 아이의 미래를 위해서는 될 수 있으면 빠른 시일부터 될 수 있으면 많은 교육을 시켜야 한다고 그들은 말한다. 아이가 걷기도 전부터 장난감을 갖고 노는 법, 색칠하는 법, 심지어 뛰어다니는 법까지 '제대로' 익히기 위해서 아이 손을 잡고 학원 문을 두드린다. 아이들은 태어나자마자 바쁘게 사는 법을 익힌다. 덩달아 엄마들도 바쁘다. 몸도 바쁘지만 다른 엄마들로부터 정보를 탐색하느라 머릿속도 바쁘다. 아이들의 20년을 그린 설계도는 엄마의 머릿속에 이미 오래 전에 저장되어 있다.

엄마의 설계도에 따라 초등학교 입학 전부터 대학에 들어가기까지 아이들은 자신의 인생을 몇 년씩 앞당겨 살아간다. 선행학습을 통한 선행인생 신세다. 나의 큰아이가 초등학교에 들어갔던 30여 년 전에도 이미 절대다수의 아이들이 한글쯤은 너끈히 떼고 들어올 만큼 선행학습의 역사가 뿌리 깊다고는 하나 요즘에는 한글뿐만 아니라 웬만한 생활영어와 1학년 산수, 기초 한자를 모르는 아이들이 드물다고 한다.

때로는 너무 꽉 짜인 생활을 하는 아이들이 불쌍할 때도 있지만 미래의 행복을 위해선 그만한 대가는 감수해야지, 간혹 엄마에게 불만을 품을지 모르지만 나중에 저 잘되면 다 고마워할 테니 대수롭지 않다. 타이거 맘으로 유명한 엄마들 밑에서 큰 세계적인 연주자들도 결국 성공한 후에는 모든 것을 엄마의 덕으로 돌리는 예가 얼마나 많은가. "어렸을 때는 반항도 했지만 제가 이 자리에 서고 보니 엄마의 방법이 옳았어요. 고마워요, 엄마!"

철두철미하게 타이거 맘의 길을 가기로 작정한 엄마들 이외에 대부분의 엄마들이 가는 길은 세 갈래다. 타이거 맘이 정답이라고 생각하나 여건이 닿지 않아 겨우겨우 흉내는 내는데 언제나 미흡한 마음에 속이 상한 불만파 엄마들, 아무리 광풍이 몰아쳐도 나만은 절대로 휩쓸리지 않겠노라는 소신파 엄마들, 그리고 좋은 게 좋겠지 뭐 하며 마지못해 따라가지만 시시때때로 이게 아닌데 싶어 멈칫멈칫하다가 다시 가던 길을 따라가는 우왕좌왕파 엄마들이 그들이다.

내가 강연장에서 만나는 엄마들은 거의 대부분 마지막 우왕좌왕파에 속한다. 그리고 극소수의 소신파 엄마들이다. 이미 꿋꿋하게 자신의 길을 걷고 있는 소신파 엄마들이 새로울 것 하나 없는 내 이야기를 들으러 오는 이유는 단 하나, 너무 외로워서다. 남들 눈에는 세속에 초연한 듯 보이겠지만 그들도 뜻 맞는 친구들이 필요하다. 주위에는 눈을 씻고 봐도 자신을 지지하는 엄마들은커녕 이해하려 드는 엄마들조차 찾기 힘들다. 엄마들 모임에서 그는 철저하게 왕따를 당하는 느낌에 늘 외롭다.

그래서 내 이야기에서 무언가 새로운 걸 배우려는 게 아니라 자기처럼 생각하는 사람이 혼자가 아니라는 사실을 확인하고 위로받고 싶은 마음에서 나를 찾는다. 그들은 고백한다. "제가 잘못이 아니라는 걸 확인하게 해 주셔서 고맙습니다." 꼭 엄마뻘인 내 손을 잡고 눈물을 글썽이는 젊디젊은 엄마들을 만나면 나도 가슴이 짠해져서 금방 눈가가 촉촉해진다. 내가 해 줄 수 있는 말은 고작 한마디, "걱정 마세요. 아주 잘하고 있는 거예요, 파이팅!"

극소수이지만 이런 엄마들을 만나면 반갑고 고맙다. 나는 이런 엄마들은 결코 나중에 땅을 치며 후회할 일이 일어나지 않으리라고 확신하는 사람이다. 왜냐하면 내가 워낙 여기저기 쏘다니는 바람에 소위 성공사례를 접할 기회가 많기 때문이다.

굳이 강연을 다니지 않아도, 지하철을 타고 다녀도 10여 년 전에 내 강의를 들었다는 이들을 만나는 경우가 가끔 있다. 그들은 백년지기라도 만난 듯이 큰소리로 자기 아이들이 얼마나 잘 컸는지, 지금 무슨 일을 하고 있는지 자랑한다. 이런 만남이 민망스럽기도 하고 뿌듯하기도 한 건 그 엄마들이 그 공을 나한테 돌린다는 거다. 내가 무슨 공을 세웠다고.

소신파 엄마들뿐만 아니다. 대한민국 엄마의 절대다수를 차지하는 우왕좌왕파 엄마들에게서도 가끔 비슷한 말을 듣기도 한다. 일본 규슈 여행을 갔을 때였다. 우리 팀도 아닌 한 여성이 환호성을 지르며 내게 달려와 인사를 한다. 수도권 도시에 살던 자신은 자타가 공인하던 극성엄마였는데 우연히 시청 주최의 학부모 아카데미에 갔다가 내 강의를 들었단다.

아이를 들들 볶으면서도 마음 한구석이 켕겼던 그는 '머릿속이 뻥 뚫리는 듯한' 자극을 받은 후 180도 전향했단다. 아이들에게 앞으론 엄마가 일체 간섭 안 하겠으니 너희들이 알아서 살아라, 나중에 어떻게 되든 그것도 다 너희들 책임이니 엄말 원망하지 말라고 선언했단다. 그렇게 선언하고도 속으론 불안했는데 놀랍게도 엄마를 미워하던 아이들도 180도 돌아서고 공부도 더 열심히 해서 엄마가 원하는 대학보다 더 좋은 데 들어갔다고 자랑이 늘어진다. 만약 그 아이들이 엄마의 마음에 흡족한 대학에 들어갔으니 망정이지 그렇지 못했다면 내 멱살을 잡았을지 모른다.

물론 대부분의 엄마들은 무엇이 옳은지는 다 알고 있다고 본다. 하지만 이론과 현실은 다른 법이라고 스스로에게 주문을 걸며 끝까지 우왕좌왕파로 산다. 한동안은 아이들을 닦달하지 않고 자유롭게 놓아둘 때도 있지만 이내 이래선 안 되겠다며 다시 고삐를 단단히 쥔다.

아이들이 안쓰럽기도 하지만 다 저희를 위한 일이니까 어쩔 수 없다. 나중에 땅을 치며 후회하면 어떡하라고.

엄마들의 최대 불안은 무한한 가능성을 지닌 아이가 엄마를 잘못 만나서 제대로 피지 못하면 어떻게 하나 하는 것이다. 다른 엄마들은 다 '별 고민 없이' 하는 엄마노릇을 별로 잘나지도 않은 자신만 왜 복잡하게 생각할까 회의에 회의를 거듭하다가 결국 다른 엄마들을 따라간다. 나중에 땅을 치며 후회하지 않기 위하여.

엄마들의 불안에 기름을 붓는 요소들은 너무나 많다. 가족이, 친구가, 교사가, 학원광고가 그리고 매스미디어가 너도나도 불안을 돋운다. 누구네 애는 엄마 덕에 무슨 대학에 떡 붙었는데 걔보다 공부 잘하던 애는 엄마 때문에 그보다 못한 대학에 갔다더라, 그 엄마 뒤늦게 땅을 치고 후회하더라니까.

평소 왕래가 드물던 가정의, 얼굴도 모르는 입시생이 무슨 대학을 들어갔는지에 대한 소식은 왜 그리도 빠르게 전달되는지. 그리고 교사는 왜 엄마들에게 '아무개는 어머님이 조금만 밀어 주시면 무슨 대학에 들어갈 수 있는데' 식으로 노골적으로 엄마의 나태함을 꼬집어 대는지.

"아이들 자유롭게 키우고 싶지 않은 부모가 세상천지에 어디 있겠어요. 그러다간 나중에 땅을 치고 후회할 게 뻔하니까 그렇죠."

그러나 땅을 친 것까지는 잘 모르겠지만 나중에 후회하는 엄마들은 대부분 아이를 자유롭게 키운 이들이 아니라 아이들에게 모든 것을 퍼부으며 다그쳐 키운 이들이라는 걸 지금 젊은 엄마들은 상상이나 할까.

“왜 그땐 그렇게 키워야 한다고 생각했는지 모르겠어요. 애도 잡고, 돈도 버리고, 이제 와 돌이켜 보니 다 헛짓이었는데.”

외국유학을 다녀왔지만 나이 마흔이 넘도록 자립할 의지 없이 취직도 안 하고 결혼도 안 하며 부모 집에서 얹혀사는 큰아들 때문에 우울증에 걸린 한 엄마의 푸념이었다. 반면 둘째아들은 학력도 시원치 않지만 조그만 청소용역업체를 운영하며 착실하게 가정을 이끌고 있다고 했다. 워낙 공부에 싹수가 없어 몰라라 했던 아들이었는데.

전문가들도 세계가 어떻게 움직일지 10년 후를 예측할 수 없다고 한다. 이제 세 살짜리 아이를 보며 15년 후, 20년 후에 할지도 모를 후회를 미리 앞당겨 불안해할 필요가 어디 있는가. 아이가 지금 행복하면 내일도 행복할 거고 일주일 후에도 행복할 건 분명히 예측할 수 있다.

그러니 아이의 미래를 불안해하지 말고 그럴 기운을 모아 아이의 오늘을 행복하게 만드는 쪽이 훨씬 이익이 아닌가.

정보력이 뛰어난 엄마가 더 위험한 이유

최근엔 약간 달라졌다고 하는데 나의 낡은 정보에 따르면 아이를 서울에 있는 대학에 입학시키기 위해서 꼭 필요한 조건이 세 가지 있단다. 할아버지의 경제력과 아빠의 무관심, 마지막으로 엄마의 정보력. 그중에서도 가장 핵심은 엄마의 정보력이란다.

좋은 대학에 보내려면 좋은 고등학교에 들어가야 하고, 좋은 고등학교에 들어가려면 좋은 중학교에 들어가야 하고, 좋은 중학교에 들어가려면 좋은 초등학교에 들어가야 한다. 요즘엔 그에 앞서 좋은 유치원을 다녀야 하고 또 그에 앞서 좋은 어린이집을 다녀야 한다. 그리고 좋은 어린이집에 들어가기 위해선 아이를 갖기 전에 그 근처로 이사 가서 미리 원서를 제출해 놓아야 한다. 아니, 그것도 늦단다. 결혼 날짜 잡으면 당장 그 동네로 전입신고부터 해야 한단다. 물론 그렇게 한다 하더라도 그 어린이집에 꼭 들어갈 수 있다는 보장도 없단다. 듣기만 해도 숨이 턱 막힌다.

"집 앞에 있는 어린이집에 들어가기가 그렇게 힘든 줄 미처 몰랐어요."

"아니, 사립도 아니고 공립 초등학교에도 그렇게 격차가 있다니 말이 되나요?"

떠도는 정보는 우스갯거리로 흘려듣고 아이 때문에 안달복달하는 극성엄마들을 비웃으며 세월아 네월아 평화롭게 지냈던 초보 엄마들은, 아이들을 어린이집이나 초등학교에 보낼 시점에 닥쳐서야 비로소 사태의 심각성을 파악하곤 뒤늦게 망연자실한다. 세상 물정 모르는 엄마 때문에 멀쩡한 아이가 출발선에서부터 처지는 건 아닌지 갑자기 온몸의 세포가 곤두서기 시작하는 것이다.

엄마의 조바심은 자기보다 10년 이상 선배뻘인 대입 수험생 엄마들의 성공기가 알음알음으로 퍼지면서 더욱 짙어져 간다. 공부 잘한다고 소문이 짜했던 아무개는 세 갠지 네 갠지 여러 대학에 지원했다가 한 군데도 못 붙어서 재수에 들어갔는데, 그보다 훨씬 못했던 아무개는 서울에 있는 괜찮은 대학에 턱 붙었다더라, 요즘 입시는 완전 미로찾기라 전형방법만도 수천 가지에 달해서 고도로 치밀한 전략이 필요하다더라, 옛날처럼 본인이 알아서 하기에는 미션 임파서블이고 담임교사도 복잡한 전형방법 앞에서 손발 다 들었다더라, 결국 엄마의 정보력이 관건이다, 엄마가 대학교의 입시설명회를 빠짐없이 찾아

다니면서 선행학습을 철저히 한 다음 대략적인 입시작전의 로드맵을 그리고 그 다음은 반드시 유명한 족집게 진로상담도사를 물색해야 한다더라.

가끔 후배들로부터 아이들 대학 보내기에 대한 무용담을 들을 때마다 등골에 진땀이 흐른다. 살다 보면 여성에 대한 고정관념이 많이 열어진 요즘 태어났더라면 좋았을걸 하는 순간들이 있는데 대입 철만 되면 그런 생각이 싹 없어진다. 아무리 생각해도 조금 일찍 태어나서 조금 일찍 엄마노릇을 했던 게 천만다행이었다. 20년만 늦게 태어났어도 우리 애들 어쩔 뻔했을까.

물론 내가 아이들 키울 당시에도 아이들 공부와 입시에 관한 정보들이 난무했지만 지금에 비하면 그야말로 새발의 피였다. 지금은 정보가 '떠도는' 수준이 아니라 '쓰나미' 수준인 것 같다. 물론 그 모든 정보의 최종목표는 한마디로 아이를 좋은 대학에 들여보내는 것이다. 10여 년 후의 원대한 목표를 위해서 엄마들은 아이를 어린이집에 보낼 때부터 부지런히, 순발력 있게, 빈틈없이 정보수집작업에 나서야 하는 엄중한 과제를 수행해 나가야 한다.

문제는 날이 갈수록 정보의 쓰나미가 너무 거세져서 웬만큼 심지가 굳은 엄마가 아니면 동서남북을 모른 채 정보의 망망대해를 표류하는 신세가 되기 십상이라는 데 있다. 정보의 쓰나미 속에는 꼭 필요한 정보보다 쓰레기들이 더 많다. 정신을 바짝 가다듬고 그 속에서 알토란 같은 정보만 골라내는 능력을 갈고 닦지 않으면 어느 순간 쓰레

기더미에 치여 익사하기도 전에 압사부터 당할지 모른다.

아이가 좋은 대학에 가려면 영어를 뛰어나게 잘해야 하고 영어발음을 본토 수준으로 올리기 위해서는 어렸을 때 혀를 수술해 줘야 한다는 정보 같은 것은 대표적인 쓰레기 정보다. 도대체 그 엄마들은 어디서 그런 황당무계한 정보를 얻었으며 어떻게 겁도 없이 아이의 혀를 수술하는 모험을 감행할 수 있었는지 놀랍다.

TV와 신문, 휴대폰을 끊고 깊은 산속으로 들어가거나 골방에 처박히지 않는 한 우리는 정보의 무차별 폭격을 피할 수 없다. 쓰레기 정보에 휘둘리지 않으려면 평소 단단한 내공을 쌓아야 한다. 무엇보다 중요한 것은 나의 자녀관과 교육관을 굳게 세우고 수시로 점검해야 한다.

내 아이를 어떤 인간으로 키울 것인가에 대해서 확고한 신념을 갖고 있지 않으면 쓸데없는 정보에 솔깃해지기 쉽다. 그 신념이 흔들리는 순간 나하곤 아무 상관 없다고 생각했던 쓰레기 정보들이 나를 흔들어 댄다. 눈만 뜨면 눈과 귀를 자극하는 매스미디어를 통해서, 광고 전단지를 통해서, 이웃을 통해서 정보는 호시탐탐 나의 항복을 노리고 있다.

한때는 '신문에 났어' 또는 'TV에서 봤어'라고 하면 그 정보가 절대적 권위를 누리던 시대가 있었다. 하지만 요즘은 온오프라인 통틀어 엄청난 수의 매체들이 생겨나 엄청난 양의 정보를 쏟아 내는 바람에 오히려 미디어에 대한 신뢰감은 급속히 약화됐다. 예전 같으면 TV에 나온 증권전문가가 추천하는 대로 주식을 매입했지만 지금은 일단 의심해 본다든가, 또는 의학기사에 나온 신약 추천 기사가 알고 보면 제약회사의 홍보성 기사일 뿐이라고 넘겨 버리는 사람들이 많아졌기 때문이다.

그보다 SNS를 통해 전해지는 끼리끼리의 정보는 아무런 검증 없이 빠른 속도로 확산되는 시대가 되었다. 예전 같으면 몇몇 사람들 사이에 은밀히 전해지던 '카더라 통신'이 막강한 영향력을 발휘하게 된 것이다.

그런데 다른 정보들에는 비교적 냉정한 판단을 내리는 젊은 엄마들이 자녀교육에 관한 정보에 대해서만은 일단 수용적인 것 같다. 영어발음 때문에 혀를 수술했다는 뉴스를 들은 엄마들이 혀를 차기보다는 '아, 그렇게 하면 정말 발음이 좋아지는 거야? 난 몰랐네'라는 반응을 보여서 얼마나 놀랐던지.

심지어 짜장면 배달꾼으로 변장하고 대학사무실에 잠입해서 딸의 서류를 바꿔치기 한 기상천외한 엄마, 아이를 외국인학교에 들여보내기 위해 남아메리카 남자와 위장결혼까지 불사한 최상류층 엄마들에 관한 뉴스에 대해서도 '오죽하면 그런 짓까지 하겠어. 그 엄마가 무슨 죄야, 다 우리나라 교육이 문제지'라는 식으로 무한한 관용을 보이는 엄마들도 적지 않았다.

청문회에 불려온 장관후보자들의 자녀를 위한 위장전입에 대해서는 부동산 투기를 위한 위장전입에 비해 별로 부도덕하다고 생각하

'부모와 학부모는 다르다'는 말에
공감하는 사람들이 많다.
부모는 옳은 길이 뭔지 알지만
일단 학부모가 되면 달라진다는 뜻이다.

지 않는 듯하다. 오히려 '아무리 지위가 높아도 자녀교육에 대해서만은 우리와 똑같다'고 동류의식을 느끼는 것 같다.

아무튼 자녀를 위해서라면 부모는 뭐든지 할 수 있다는 대한민국 부모의 굳은 신념이 교육에 대해서라면 어떤 정보든 무조건 수용하게 만든다. 한글은 일찌감치 떼고 들어가야 초등학교 교사로부터 구박을 안 받는다는 정보에서부터 엄마의 정보력이 아이의 대입성패를 좌우한다는 정보까지 20년에 걸친 정보의 쓰나미에서 엄마들은 정신 차리기를 포기하고 그저 몸을 맡긴 채 표류할 뿐이다.

거의 대부분의 교육정보는 한결같이 아이의 교육은 빠를수록, 많을수록, 비쌀수록 좋다고 주장한다. 요즘 들어 공부는 자기가 알아서 할 때 가장 효과가 크다는 자기주도학습법조차 학원에서 제대로 배워야 한다는 정보가 엄마들을 유혹한다.

간혹 반대의 정보에 접할 때도 있으나 그건 극히 예외적인 경우라고 아예 외면해 버린다. 언젠가 유명한 사교육전문가가 '엄마의 섣부른 정보력이 아이를 망친다'고 경고했지만 엄마들은 코웃음을 쳤다. 신문 인터뷰니까 그렇게 말했지 본심은 다를 거라고.

'부모와 학부모는 다르다'는 말에 공감하는 사람들이 많다. 부모는 옳은 길이 뭔지 알지만 일단 학부모가 되면 달라진다는 뜻이다. 내가 아는 한 초보 엄마는 인터넷에서 이 기사를 검색해 보곤 너무 슬프다며 눈물을 뚝뚝 흘렸다. 그렇지만 그녀 역시 '아이를 위해선 저도 그렇게 살아야겠죠?'라고 말했다.

나는 평소 '여자는 강하지만 엄마는 약하다'고 생각한다. 대한민국 여자들 하나하나는 정말 똑똑하지만 일단 엄마가 되면 순식간에 바보가 되는 것 같아서.

아이들
너무 바쁘다

요즘 아이들, 참 바쁘다. 바빠도 너무 바쁘다. 두 살짜리도 집에서 뒹굴거릴 시간이 거의 없다. 늘 어딘가를 다닌다. 어린이집만 다니는 게 아니다. 어린이집에서 돌아오는 오후도 스케줄이 빡빡하다. 놀러 다니는 게 아니다. 뭔가를 배우러 다닌다. 놀이에 영어에 피아노에 발레에 배우는 게 많기도 하다.

예전에는 자라면서 저절로 배웠던 놀이도 이젠 학습의 대상이다. 우리 아이 키울 때는 듣도 보도 못했던 아이들을 위한 각종 체험학습 공간이 하루가 다르게 늘어난다.

1년에 한 번 바다에서나 했던 모래놀이를 실내에서 아무 때나 즐길 수 있고, 예전 같으면 먹는 것 갖고 장난친다고 크게 꾸중 들을 밀가루를 맘껏 갖고 노는 공간까지 생겨났다. 아주 어린 아이들을 겨냥

한 영화와 연극도 연중 성황이다. 문화도 즐기는 대상이기 전에 학습의 대상으로 바뀌었다.

아이 낳기 전까진 '난 아이를 낳으면 초등학교 들어가기 전까지는 마냥 놀게 할 거야'라며 선배엄마들의 과도한 교육열을 비판했던 초보 엄마들도 정작 아이가 돌을 지나면 생각이 달라진다. 겨우 걸음을 뗀 아이 손을 잡고, 혹은 친정엄마나 육아도우미의 손을 빌려 아이를 어딘가로 보내기 시작한다. 갑자기 조기교육 신봉자가 된 게 아니라 동네 놀이터에서 함께 놀 아이들이 사라졌기 때문이다. 아이에게 친구를 만들어 주기 위해서라도 아이들이 모여 있는 공간을 찾아 나서야 한다.

두 살 즈음부터 시작된 학원 순례는 어디서 끝이 날까. 아마 대학에 들어가야 끝나겠지. 거의 20년에 걸친 대장정이다. 물론 대학생이 되었다고 완전히 끝난 것도 아니다. 취업에 대비해 스펙을 쌓기 위한 학원 순례가 기다린다.

스펙 쌓기에 학점 따기에 알바에, 청춘의 육신은 피가 끓기도 전에 파김치다. 드디어 취업하면, 해피엔딩? 천만의 말씀이다. 고생 끝에 더 큰 고생이 기다린다. 일생이 전쟁이다.

예전처럼 은퇴했다고 놀고먹을 수도 없다. 고액연금이 보장된 소수의 행운아 말고는 대부분 벌어 놓은 돈은 얼마 안 되는데 아직도 살아갈 날은 길고도 길다. 건강이 허락하는 한 몸을 움직여 조금이라도 꾸준히 벌어야 한다.

날마다 혁신하지 않으면 낙오하는 세상이라고 입을 모은다. 긴장을 늦추는 순간 추락한단다. 그게 인생이란다. 그렇다고 매사를 너무 부정적으로만 보지 말란다. 전쟁터처럼 쫓기고 살아도 곳곳에 틈새가 숨어 있어서 마음만 있으면 즐길 수도 있단다. 어른들 눈에는 살벌하게만 보이는 청소년 교실에서도 소소한 재밋거리는 넘쳐나고, 그리하여 청춘은 아프지만 또 아름답단다.

하지만 나이 들어 마음이 여려진 탓일까. 내 손주들이 평생을 그렇게 쫓기며 살아야 한다니, 진심으로 가엾고 진심으로 미안한 마음이다. 세계가 부러워하는 경제성장을 이루고, 미국대통령이 부러워하는 교육시스템과 교육열을 갖추었다고 자랑들 하는데 왜 아이 키우기는 갈수록 더 불안해지고 엄마들은 갈수록 행복하지 않을까.

적어도 초등학교 다닐 때까지만이라도 아이들이 느슨하게 살았으면 좋겠다. 시간을 쪼개서 이 학원 저 학원으로 종종걸음 치지 말고 (하긴 걸을 시간도 없다. 노란 버스들이 집앞까지 데리러 오고 데려다주니까) 세월아 네월아 뒹굴거리며 놀았으면 좋겠다. 놀다가 지치면 늘어지게 낮잠 한숨 자다가 놀이터나 가까운 공원으로 나들이나 가면 좋겠다. 가는 길에 들고양이나 비둘기를 만나면 그 앞에 쭈그리고 앉아서 이야기를 나눠 봐도 좋겠지. 아파트 앞 먼지 낀 정원 가에 핀 제비꽃도 들여다보고 과자부스러기를 물고 부지런히 집으로 돌아가는 개미떼도 구경하고.

요즘은 부쩍 늘어난 동네 도서관에 들러 보는 것도 좋겠다. 이 책저 책 들추면서 다른 아이의 책도 넘겨다보고, 그러다 말도 붙여 보면 좋겠다.

언젠가 한번 손자 손을 잡고 동네 어린이 도서관에 간 적이 있다. 규모는 작지만 시설도 쾌적한 편이고 책도 꽤 잘 갖췄다. 그런데 아이들이 너무 없어 좀 섭섭했다. 집집마다 들여놓은 책이 많아서일까, 학원에 가느라고 바빠서일까. 내가 아이 키울 때 동네에 이런 도서관이 있었다면 매일 출근했을 것 같은데.

서울만 그런 것도 아니다. 몇 년 전 강의하러 도서관이 많기로 이름난 김해에 간 적이 있었다. 강의가 끝난 후 개관한 지 얼마 안 된 어린이를 위한 도서관에 들러 보았다. 규모와 시설이 감탄사가 터져나올 정도로 최상급이었다. 선진국을 여행할 때마다 부러워했던 도서관들은 저리 가라였다. 우리 사회는 내가 모르는 새 꾸준히 달라져 가고 있었나 보다.

그런데 그날 도서관을 찾은 어린이들이 규모에 비해 적어 보였다. 공교롭게도 내가 간 날만 그랬기를. 나를 안내했던 분은 김해 학부모들의 교육열이 대단하다고 했다. 하긴 대한민국 어디인들 부모 마음이 다르랴.

젊은 엄마들에게 요즘 아이들 너무 바쁜 것 같아 안쓰럽다고 말하면 대부분 동의하면서도 그렇게 하지 않을 수 없는 상황임을 강조한다. 당신 세대는 아이들을 맘껏 놀리면서도 웬만한 대학에 보낼 수 있었지만 지금은 시대가 달라졌다고. 아이가 안쓰럽다고 마냥 놀렸다가는 아이는 영원히 지진아를 면치 못할 거라고. 어렸을 때부터의 무한 경쟁이 싫어서 아이들을 많이 놀리는 대안유치원이나 대안학교에 보내는 부모들도 최종목표는 결국 좋은 대학 보내는 것이 아니냐고.

그러나 어렸을 때부터 시간을 쪼개서 배우는 습관을 들이고 경제적으로 무리가 없는 한, 또는 무리가 있더라도 되도록 여러 가지를 배워 놓을수록 나중에 성공할 확률이 높아진다고 아무도 장담할 수 없다. 아이가 지레 지쳐서 정작 집중해야 할 때 집중을 못하고 매사에 시큰둥할 수도 있는 법이다.

인생은 단거리 경주가 아니다. 기나긴 장거리를 초반부터 전력을 다해 질주한다면 에너지도 그만큼 빨리 소진되어 버리지 않을까. 초반에 힘을 모아 놓아야 끝까지 완주할 수 있다.

내 생각으로는 어렸을 때 키워 주어야 할 것은 인지능력이 아니라 공부건 놀이건 즐기는 법을 가르치는 일이 아닌가 싶다. 그것도 엄마가 앞장서서 주입식으로 가르치려 들지 말고 아이가 스스로 즐기는 법을 터득하도록 충분한 시간을 주는 것이 좋다. 놀이터에 친구가 없다고 서둘러 학원 순례에 내보내는 대신 혼자 있을 때 어떻게 노는지 아무 간섭 없이 내버려 둬 보자.

처음엔 어쩔 줄 모르다가도 이내 노는 방법을 잘도 찾아내는 능력이 모든 아이들에겐 있다. 아이들은 할머니집에 장난감이 없어도 벽장이나 책상 밑에 들어가 재미있게 논다. 이불과 베개만 갖고도 잘 논다. 마냥 내버려 두면 때로는 심심해하기도 하지만 결국 놀이를 만들

적어도 초등학교 다닐 때까지만이라도
아이들이 느슨하게 살았으면 좋겠다.
시간을 쪼개서 이 학원 저 학원으로 종종걸음 치지 말고
세월아 네월아 뒹굴거리며 놀았으면 좋겠다.

어 낸다.

일반적으로 할머니는 아이를 놀리라고 하고, 엄마는 아이를 바삐 돌리고 싶어 한다고들 하지만 요즘 주위를 둘러보면 꼭 그런 것만도 아니다. 시어머니나 친정어머니에게 아이를 맡기고 다니는 워킹맘들 가운데는 할머니의 과잉교육열 때문에 고민하는 이들이 의외로 많다.

아마 예전에 비해 요즘 할머니들의 교육수준이 훨씬 높아졌기 때문일 수도 있지만 한편으로는 할머니들이 손주를 통해서 자신이 아이 키울 때 저질렀던 시행착오를 고쳐 보고 싶은 욕구가 크기 때문이기도 하다. 혹은 예전의 극성엄마로서 자녀교육에 성공했다는 자부심을 다시 맛보고 싶은 건지도 모르겠다.

친정어머니와 교육철학이 달라서 갈등한다는 가까운 후배의 고민을 상담하다 보니 친정어머니와도 사이가 이런데 시어머니일 경우 얼마나 힘들까 절로 헤아려졌다. 후배의 친정어머니와 연배가 같은 나로선 선뜻 누구의 편도 들 수 없었다. 두 사람의 입장을 모두 이해할 수 있었기 때문이었다.

친정어머니는 날마다 손주를 어린이집에 데리고 다니면서 딸보다 훨씬 더 교육현장의 열기를 가까이 느끼게 된다. 직장 다니는 딸은 아이를 되도록 많이 놀리라고 하는데 젊은 엄마들의 육아 트렌드를 보면 그건 현실과 동떨어진 이상론일 뿐이다. 그러니 내가 단단히 챙겨야지, 날 믿고 맡겼는데 지 에미 얘기만 듣다간 낭패 볼 게 뻔해, 나중에 왜 애를 제대로 못 키웠냐고 난리치면 어떻게 해, 그렇지 않아도 예로부터 애 본 공은 없다고들 하는데 나라도 정신 차려야지.

이런 경우 해결방법은 두 가지다. 맹렬하게 부딪쳐서 내 의견을 관철시키든지, 아니면 어머니의 육아법에 따르든지. 전자의 경우에는 모녀관계에 금이 갈 걸 각오해야 하고, 후자의 경우에는 나의 교육철학과 나의 일을 교환했다고 마음을 정리해야 한다. 쿨하게.

할머니는 육아 당사자가 아니라 보조자일 뿐이므로 당연히 엄마의 교육철학을 따르는 게 옳지 않느냐고? 단순한 보조자를 원했다면 마음에 안 들더라도 육아도우미를 쓰지 왜 굳이 할머니에게 맡기겠는가. 혈육에 대한 지극한 사랑을 믿기 때문 아니었나. 그러나 바로 그 지극한 사랑 때문에 할머니는 단순한 육아도우미로 머물 수 없는 것이다.

워킹맘의 삶은 여러모로 고달플 수밖에 없다. 일과 가정의 양립은 돈만 있다고 간단하게 해결되는 문제가 아니다. 아이 키우기는 더욱 그렇다.

자식이 뜻대로 안 되는 것은 당연한 일이다

"자식만은 뜻대로 안 돼요.", "요즘 애들 왜 이래요?"

아이 키우는 엄마들이 모인 자리는 십중팔구 이 두 마디로 마무리된다. 이제 막 어린이집에 들어간 세 살짜리의 엄마부터 청소년과 대학생들의 엄마, 심지어는 서른 넘은 미혼자녀 때문에 골머리를 썩이는 나이 좀 있는 엄마들까지 이구동성이다. 그들에게 아이들은 통제불가능, 이해불가능, 감당불가능한 존재들이다.

하지만 말은 바로 하자. 자식이 뜻대로 안 되는 게 과연 속상해만 할 일일까. 그리고 요즘 애들뿐만 아니라 어느 나라 어느 시대에서나 애들은 어른들로선 쉽게 이해하기 어려운 존재, 부모와는 다른 행성에 사는 외계인이 아니었던가.

시부모도 남편도 모두 뜻대로 할 수 있는데 자식만은 도통 뜻대로 안 된다고 하소연하는 엄마를 만나면 난 짓궂게 따져 묻는다. 누구 뜻대로 안 된다는 말씀인가요? 엄마는 뭐 이런 사오정 같은 사람을 봤나 하는 표정으로 당연히 엄마 뜻이지 누구 뜻이냐며 반문한다. 그러곤 당신은 좋겠다, 자식들이 당신 뜻대로 자라서라고 꼬리말을 단다.

솔직히 자식을 내 뜻대로 할 수 있으리라고 감히 생각하다니 참 용감한 엄마들이구나 싶다. 우선, 자식은 자식 뜻대로 자랄 수 있도록 지켜보면서 엄마는 그저 그 뒷바라지나 해야 하는 게 순리가 아닐까. 엄마는 자식의 몸을 낳아 주었을 뿐이지 그렇다고 자식의 뜻까지 낳아 준 건 아니다. 자식도 자기만의 뜻을 가진 존재다. 자식의 뜻을 헤아리지 않고 무조건 엄마 뜻대로 키우려는 건 자식을 독립된 인격체가 아니라 자신의 소유물로 생각하는 데서 오는 발상이다.

다음으로, 도대체 부모의 뜻은 항상 믿을 만하고 또 바람직하다고 자신할 수 있는 이가 과연 얼마나 될까. 세상을 먼저 살아 보고 단맛 쓴맛을 모두 맛봤다고 세상의 모든 맛을 다 알 수 있는 건 아니다. 그리고 엄마에게 맛있어 보이는 음식이 자식의 입맛에 맞다는 보장도 없다. 몸에 좋은 음식도 강제로 먹이면 체하게 마련이다. 자식에게도 골라 먹을 권리가 있다.

내 생각으로는 많은 엄마의 뜻은 거의 '착하고 공부 잘해서 성공하는 것'이다. 이럴 때 '착하다'는 건 '부모의 말에 순종하고 부모의 기대에 부응하는 것'이지 예의 바르고, 배려심이 깊으며, 정의감이 높다는 것과는 상관이 없다. 부모가 시키는 것에 토를 달지 않고 기꺼이 따르는 아이가 부모에겐 착한 아이이다.

부모가 시키는 일에 '싫어요'라고 말하는 아이는 착한 아이가 아니다. 시킨 내용이 무엇이었든, 아이가 왜 싫다고 하든, 부모는 대번에 자존심이 상해서 어쩔 줄 모른다. 왜냐하면 부모가 시키는 모든 일은 다 아이를 위해서인데 아이가 그걸 몰라주기 때문이다. 아이가 엄마 뜻을 몰라주고 '싫다'는 제 뜻을 분명하게 드러낼 때, 엄마는 '자식이 뜻대로 안 된다'며 좌절감을 느낀다.

그렇다면 아이가 엄마 말에 고분고분하기만 하면 엄마는 뜻대로 되는 아이라고 흐뭇해할까? 어림없다. 엄마의 뜻은 훨씬 광대하다. 고분고분 시키는 대로 하되 '잘' 해야 한다. 무얼? 공부를. 엄마 말도 잘 듣고 공부도 열심히 하지만 성적이 나쁘면 엄마에게는 '자식이 뜻대로' 안 되는 것이다. 엄마의 뜻은 전교 일 등인데 자식이 겨우 반 일 등을 하면 엄마의 뜻은 이뤄진 것이 아니다. 엄마의 뜻이 서울 상위권 대학인데 자식이 하위권 대학에 들어가도 마찬가지이다. 자식이 얼마나 열심히 공부했느냐와는 아무 상관 없다.

엄마의 뜻은 성공에 관한 아이의 뜻과도 많이 다르다. 아이가 생각하는 성공은 자기가 하고 싶은 일이면 그게 무엇이든 그걸로 밥 먹고 사는 것일 때가 많지만 대부분 엄마들은 그런 찌질한 성공은 성공으로 보지 않는다. 요즘 같은 청년실업시대에도 중소기업에는 인력이 부족해 아우성이다. 전문가들은 늘 젊은이들이 눈높이를 낮추어야 한다고 강조하지만 정작 눈높이를 낮춰야 하는 사람들은 그 부모들이다. 자식이 하루빨리 취업하기를 바라면서도 요즘 부모들도 역시 대기업만을 고집한다. 그 따위 회사에 들어가라고 비싼 학비 들였느냐, 직장도 첫 단추가 중요하니 대기업 취직 때까진 내가 먹여 주겠노라며 중소기업 취업이나 창업 기피를 부추긴다. 그러곤 친구들을 만나서 '자식은 뜻대로 안 된다'며 푸념을 늘어놓는다.

엄마의 뜻에 따라 오로지 폼나는 대기업만 꿈꾸면서 한 해 한 해 나이가 들어가다 보니 결혼과 출산은 포기할 수밖에 없다. 엄마는 이번엔 왜 요즘 애들은 마흔이 넘도록 결혼할 생각을 안 하는지 모르겠다며 한숨을 내쉰다. '요즘 애들은 정말 모르겠다' 하면서. 도대체 어쩌라고?

엄마의 뜻과는 달리 엄마의 뜻에 맹종하는 자식일수록 점점 더 엄마에게 큰 짐이 되는 게 냉혹한 현실이다. 늘 엄마의 뜻을 살피며 착한 아이로 살다 보니 어느새 자신의 뜻은 아예 사라져 버렸기 때문이다. 그런 아이들은 나중에 결혼상대를 고를 때도 엄마가 골라 줘야 하지 않을까. 혹시 부부간 갈등이 생겼을 때도 스스로 해결할 시도조차 해 보지 않고 무조건 엄마를 불러 대는 젊은 부부들이 많다고 해서 하는 걱정이다. '요즘 애들'은 '요즘 엄마들'이 키운 결과물이다.

어떤 엄마는 딸이 어린이집에 다닐 때부터 그날 입을 옷을 양말부터 모자까지 골라 준비해 놨다가 입혀 보내곤 했다. 꼬마 패셔니스타라는 별명을 얻은 딸은 대학생이 된 다음에도 옷을 살 때면 반드시 엄마와 동행한다. 혼자서는 머리핀 하나도 못 고를 정도로 자신의 선

아이가 내 뜻대로 된다면 걱정하고,
아이가 내 뜻대로 안 되면 안심하라.
가장 걱정해야 할 문제는 아이에게 뜻이 없다는 거다.

택에 자신감이 없는 탓이다. 물론 어렸을 때부터 강제적으로라도 이렇게 패션감각을 익혀 놓으면 나중에 패션분야에 진출해 탁월한 감각으로 성공하는 경우도 있을 수 있다고? 물론이다. 그러나 아무리 패션감각이 탁월하다고 해도 패션을 주도하는 창의성과 추진력이 저절로 따라오는 것은 아니다.

그보다는 세 살도 안 돼서부터 엄마가 골라 주는 옷을 마다하고 비록 우스꽝스러운 조합이지만 고집스럽게 자기 취향을 주장하는 아이들이 훨씬 더 창의적이며 추진력 있는 사람으로 자라지 않을까라는 게 내 예상이다. 엄마들은 아이가 촌스러운 옷차림으로 외출하는 것을 지나치게 창피해하면서 아이 역시 창피함을 느끼도록 강요하기 일쑤다. '사람들이 흉본다'고 어르면서. 하지만 솔직히 어린아이가 촌스럽다고 흉보는 사람이 진짜 있을까. 만약 그런 사람이 있다면 정말 할 일이 없는 사람일 게 틀림없다. 그보다 대부분의 사람들은 아이들이 배색을 멋지게 맞춰서 입은 세련된 옷차림보다 분홍 티셔츠에 초록색 바지를 입고 한껏 폼을 재는 아이가 훨씬 귀엽다고 생각한다. 아이는 당당한데 엄마가 부끄러워 고개를 못 들다니 얼마나 우스꽝스러운 모습인가.

아이가 내 뜻대로 된다고 자랑 말고, 아이가 내 뜻대로 안 된다고 걱정 말라. 반대로 아이가 내 뜻대로 된다면 걱정하고, 아이가 내 뜻대로 안 되면 안심하라. 가장 걱정해야 할 문제는 아이에게 뜻이 없다는 거다.

모든 부모는 장차 내 아이가 이 거친 세상을 자기 힘으로 헤쳐나가지 못하면 어떻게 하나 걱정스럽다. 그래서 부모는 자신의 모든 힘을 바쳐 아이를 도와주려 애쓴다. 하지만 모든 도움은 지나치지 않아야 한다. 도움이 지나치면 아이는 아예 혼자 설 생각조차 못하도록 길들여진다. 아이는 부모의 뜻대로 움직이는 꼭두각시가 되고 만다.

아이가 엄마 뜻대로 하지 않는다고 화를 내는 대신 아이의 뜻이 무언지 살펴보고 들어 보라. 네가 뭘 안다고 까부냐고 핀잔하지 말고 네가 어떻게 그런 생각을 다 하냐고 칭찬해 주어라. 아이가 자신의 뜻을 내비치는 것 자체를 반겨라.

걷지도 못하고 말도 못하던 조그만 아이, 그저 '엄마~'만 찾던 아이가 어느새 이렇게 훌쩍 커서 나에게 '싫어!'라고 말하다니 얼마나 경이로운가. 저 주먹만 한 머리통 속에 무슨 생각이 들어 있어서 엉뚱한 말들을 쏟아 내는지 신통방통하지 않은가.

나 없으면 꼼짝 못할 것 같던 아이가 '엄마는 아무것도 몰라'라며 있는 대로 잘난 척을 해 대다니 이처럼 신기한 일이 또 있으랴. 이게 바로 아이 키우는 재미 아닌가.

좋은 엄마의 조건

세상의 모든 엄마는 내 아이에게 좋은 엄마로 남고 싶다. 아이가 태어나는 순간부터 자신이 죽는 순간까지 좋은 엄마로 살고 싶다. 아이로부터 '엄마가 내 엄마라서 참 행복했어요'라는 말을 들을 수 있다면 '내 인생은 그런대로 괜찮았구나'라는 생각에 편안하게 눈을 감을 수 있을 것 같다.

좋은 엄마가 되려는 노력은 아이가 태어나기 전부터 시작된다. 배 속에 새 생명이 꿈틀거리는 순간부터 좋은 생각만 하고 좋은 것만 보고 좋은 것만 먹고 좋은 음악만 들으려고 애쓴다. 배 속 아기가 발길질할 때마다 뭐라 말할 수 없는 신비로운 충만감에 전율하지만 동시에 슬슬 불안감이 엄습한다. 내가 과연 좋은 엄마가 될 수 있을까.

혹시 아이 몸을 잘못 관리해서 자주 아프기라도 하면 어떻게 하나,

엄마가 무식해서 아이의 재능을 일찍 알아보지 못하고 둔재로 키우면 어떻게 하나, 혹은 엄마를 괴롭히기 위해 온갖 끔찍한 짓을 저지른 소년을 다룬 영화 〈케빈에 대하여〉에 나오는 케빈처럼 괴물 같은 아이를 낳으면 어떻게 하나 온갖 상상을 하며 악몽에 시달린다.

조금은 쑥스러운 고백을 하자면 난 첫아이를 낳기 전까지만 해도 좋은 엄마가 되기는 글렀다고 체념한 상태였다. 좁은 집에 여러 형제들이 복닥거리며 사는 게 싫었던 데다 일곱 살 즈음에는 갓 난 남동생을 노상 업고 산으로 들로 쏘다녔던 유년시절의 기억 때문인지 도무지 아이들이 예쁘지도 귀엽지도 않았다. 동네에서 꼬마들이 뛰노는 모습을 보면 내 큰동생은 얼른 달려가 머리를 쓰다듬어 주는데 난 한 번도 그런 적이 없었다. 난 스스로를 매정한 인간이라고 정의했다.

사정이 이랬으니 좋은 엄마가 되기는커녕 내가 낳은 아이를 내가 싫어하면 어쩌지, 남모르는 고민 속에서 아이를 낳았다. 그렇게 두려웠다면 아이는 왜 낳았느냐고 묻지 말기 바란다. 그땐 모든 것에 서툴기만 했던 신혼이었잖는가.

말 그대로 기우였다. 모든 엄마들이 다 그렇듯이 막 태어난 아기를 안는 바로 그 순간 난 사랑에 빠졌다. 아직 눈도 못 뜨던 아기 역시 온몸으로 나를 사랑한다고 말하는 것 같았다. 앞으로 잘하면 나도 좋은 엄마가 될 수 있을지 몰라. 내 몸은 한 번도 경험하지 못했던 감동에 떨었다. 아이 셋을 그렇게 만났고 난 좋은 엄마가 되기 위해 나름대로 열심히 아이들을 키웠다.

하지만 나의 '나름대로'는 '좋은 엄마'의 기준에 못 미치는 것이었나 보다. 큰애가 대학에 들어가기 전까지 거의 20년 동안 난 주위로부터 엄마노릇을 너무 못한다는 이야기를 수도 없이 들었다. 그렇게 키우다간 나중에 땅을 치고 후회하게 될 거라는 애정 어린 경고도 많이 받았다. 심지어는 '공부 잘했던 엄마가 자기 애들은 참 못 키워', 또는 '저 엄만 아이들한테 너무 인색해'라는 인신공격까지 받았다. 모두 남의 일을 자기 일처럼 걱정해 주는 우리의 '정' 문화 덕분이었다.

알고 보니 세상이 인정하는 '좋은 엄마'란 '아이를 남 보란 듯이 키워 내는 엄마'이며, 그 '남 보란 듯이'의 기준은 아이를 '최고의 대학'에 들여보내는 것이었다. 그리고 최고의 대학에 들여보내기 위해서는 엄마가 경제적으로 심리적으로 시간적으로 아이에게 올인해야 한다. 아이에게 어렸을 때부터 '되도록 빨리, 되도록 많은 과목을, 되도록 비싼 돈을 들여' 공부를 시켜야 한다. 아이의 인생을 치밀하게 기획하여 관리하는 엄마를 좋은 엄마로 평가하기 시작한 것은 대학지원자가 대폭 늘어나면서 소위 일류대학을 향한 경쟁 또한 엄청나게 심해지게 되면서부터였다. 대학입학은 이제 혼자 뛰는 경주가 아니라 엄마와 아이의 이인삼각 경기로 바뀐 것이다. 그 기준에서 보면 나는 좋은 엄마는커녕 아주 나쁜 엄마로 분류되는 게 당연했다.

나쁜 엄마는 첫아이를 한글도 못 깨치게 한 채 초등학교에 들여보내는 강심장 엄마다. 초장부터 기가 죽으면 평생을 기죽어 살아야 하는데 엄마라면 당연히 아이의 자존심을 무참하게 꺾지는 말아야 하지 않는가. 과외금지 시대이지만 요리조리 잘도 피해 심지어 담임교사에게까지 과외공부를 시키는 판에 혼자 과외무용설이나 주장하는 독야청청 엄마는 또 얼마나 한심한 엄마인가. 너도나도 브랜드 점퍼와 브랜드 운동화를 신고 다니는 시대에 아주 어려운 형편도 아닌 것 같은데 여전히 값싼 동대문 시장 제품을 입혀 보내는 엄마는 얼마나 인색한 엄마인가.

더군다나 초등학교에 갓 들어간 막내를 돌보지 않고 애들 다 키웠으니 나도 이제 나의 일을 찾겠다면서 나이 마흔이 다 돼 덜컥 사회로 뛰쳐나간 엄마는 단연코 나쁜 엄마다. 이제부터 본격적으로 대학입시의 장정에 나선 아이들을 내팽개치면서까지 꼭 자아를 실현시켜야 하는가 말이다. 엄마가 된 주제에 아이보다 자신을 앞세우다니, 그렇게 이기적인 여자라면 애초에 엄마가 되지 말았어야 옳지 않은가.

아이들을 있는 그대로 사랑하며 자유롭게 놀게 하고, 공부하란 말을 하지 않는 엄마, 늘 웃는 얼굴로 아이들을 대하며 시도 때도 없이 아이들과 즐겁게 칼싸움을 하는 것으로는 이 땅에서 절대로 좋은 엄마라는 평판을 얻을 수 없었다. 아니 그런 것들은 오히려 나쁜 엄마의 기준이었다.

저녁 늦게 반찬거리를 잔뜩 사 들고 귀가하다가 아파트 마당에서 만난 고등학교 동창은 내게 진지한 표정으로 충고했다. 엄마가 자기 일을 하겠다고 아이들 저녁을 제대로 챙기지 않는 건 죄라고. 아이들은 바쁘게 종종거리는 엄마에게 불평 한마디 없이 독립적으로 잘 살아가고 있는데 그 동창은 단칼에 나를 죄인으로 몰아붙였다.

그러다가 엄마 덕도 못 보고 자란 '불쌍한 아이들'이 하나둘 소위 일류대학에 합격하자 상황은 돌변했다. 나는 나쁜 엄마로부터 좋은 엄마로 수직상승했다. '이제 보니 아무개 엄마가 애들을 아주 잘 키웠네.' 주위의 칭찬은 몸 둘 바를 모를 정도로 빗발쳤다. 생판 모르는 엄마들까지 나를 부러워하면서 어떻게 해야 '그렇게' 아이를 키울 수 있는지 조언을 해 달라고 다가왔다.

겉으론 의연한 척했지만 나쁜 엄마라는 말을 들을 때마다 크고 작은 상처를 입었던 나, 내가 지금 잘하고 있는 걸까 불안을 떨치지 못했던 나는 결국 아이들 덕분에 갑자기 마음이 편해졌다. 아이들은 내게 큰 선물을 주었다. 내가 한 엄마노릇이 그리 나쁘지 않았다는 사실의 확인.

그전까지는 다른 엄마들에게 아이를 이렇게 키워라 저렇게 키워라 훈수를 둘 마음도 없었고 그럴 자신도 없었지만 이젠 슬그머니 자신감 같은 것이 붙기 시작했다. 나처럼 아이를 키워도 크게 후회하지 않을 거라는, 좋은 엄마가 된다는 건 생각보다 훨씬 쉽다는, 무엇보다도 돈을 들이지 않고도 얼마든지 좋은 엄마가 될 수 있다는, 그런 말들을 눈치 보지 않고 편하게 할 수 있는 배짱이 생긴 것이다.

물론 나는 나처럼 해야 좋은 엄마라고 우길 만큼 순진한 사람이 아니다. 사람이 세상을 살아가는 데는 수많은 길이 있는 것처럼 엄마가 아이를 키우는 데도 수많은 방식이 있다고 생각하니까. 무엇보다 아이가 반드시 엄마가 키우는 대로 키워지는 대상이 아니라는 걸 잘 아니까.

세상이 말하듯 아이의 인생을 치밀하게 기획하고 철저하게 관리하는 매니저 엄마, 타이거 엄마, 헬리콥터 엄마가 지금 같은 무한 경쟁의 사회, 위험 사회에서는 좋은 엄마일 수도 있다. 그리고 그런 엄마노릇이 자신의 적성에 딱 맞는 엄마들도 있다. 하지만 그런 엄마노릇에 저항을 느끼면서도 아이를 잘 키우기 위해선 어쩔 수 없다는 식으로 따를 필요는 없다. 스스로 확신하지 못하는 육아법은 자신과 아이에게 혼란만 가중시킬 뿐이다.

어떻게 아이를 키울 것인가는 결국 내가 어떻게 살아야 할 것인가와 동떨어진 문제가 아니다. 내 인생관이 곧 내 자녀관이요, 내 교육관일 수밖에 없다. 남들이 어떻게 아이를 키우고 있는가는 참고사항일 뿐 그것에 흔들리지 말아야 한다.

내가 생각하는 좋은 엄마는 이런 엄마다.

첫째, 아이의 존재 자체를 사랑하고 고맙게 생각한다.

둘째, 아이를 끝까지 믿어 준다.

셋째, 아이의 말에 귀를 기울인다.

넷째, 아이의 생각을 존중한다.

다섯째, 아이를 자주 껴안아 준다.

여섯째, 아이와 노는 것을 즐긴다.

일곱째, 아이에게 공동체의 룰을 가르친다.

여덟째, 아이에게 짜증을 내지 않는다.

아홉째, 아이에게 잔소리를 하지 않으려 노력한다. 특히 공부하라는.

나는 이런 엄마가 되고 싶었다. 내 딴에는 노력한다고 했는데 그건 어디까지나 내 생각이었을 뿐이라는 걸 아이들의 말로 뒤늦게 확인할 때가 적지 않다. 어쩌랴, 완벽한 좋은 엄마가 어디 그리 쉬운가.

Chapter 2

만일 내가 다시 아이를 키운다면

다시 아이를 키운다면

'가수 엄마', '아이를 잘 키운 엄마.'

공식 비공식 자리에 상관없이 내가 누군지 궁금해하는 사람들을 위해 주최측에서는 거의 예외 없이 내 이름 뒤에 이런 수식어를 덧붙인다. 아들 중에 한 명이 가수인 건 분명하니 '가수 엄마'라고 불려도 틀린 말이 아니고 솔직히 뿌듯하기도 하지만, '아이를 잘 키운 엄마'라는 말은 들을 때마다 참 면구스럽다. 언제 적 이야길 이렇게 계속 우려먹나 싶기도 하고 게다가 '잘 키운' 엄마라니 이 무슨 황감한 찬사란 말인가.

오래전 '육아서'를 쓴 적이 있다. 쥐꼬리만 한 양심은 있어서 차마 '내가 키웠다'는 말을 못하고 '아이들이 자랐다'고 얼버무렸었다. 눈 가리고 아웅 한 격이지만 그렇게라도 해서 진실을 가장 잘 알고 있는 아이들에게 변명거리를 대비해 놓았었다. 세상 사람들은 속일 수 있어도 진실을 알고 있는 아이들은 속일 수 없었으니까.

그런데 책이 큰 반향을 일으킨 후 아무리 내 입으로 "나는 아이들을 키우지 않았어요. 단지 아이들이 자라는 걸 지켜보기만 했어요"라고 해명을 해도 그러면 그럴수록 "아이고, 저렇게 겸손하시니 아이들이 잘 컸지요. 그리고 아이들이 자라는 걸 지켜보기만 하는 게 얼마나 힘든 일인데요. 보통 엄마들은 절대로 못할 일이지요"라고 오히려 더 큰 칭찬이 돌아오기 일쑤였다. 칭찬도 중독인지 어느새 나도 춤추는 코끼리가 되어 스스로 아주 괜찮은 엄마가 된 듯 으쓱대고 다녔다.

그러나 나 자신까지 속인다는 게 어디 그리 쉬운 일이랴. 엄마를 졸업한 지 20년이 넘었고 이젠 할머니 노릇을 한 지도 꽤 됐는데 왜 시도 때도 없이 아이들한테 저질렀던 시행착오들이 새록새록 떠오르는지 참 알고도 모를 일이다. 반성의 시간은 때를 가리지 않고 찾아와 나를 부끄럽게 만든다.

며느리들이 손주들을 키우는 모습을 보고 있노라면 감탄스러울 때가 한두 번이 아니다. 분명 초보 엄마들인데 마치 '준비된 엄마들'처럼 아이들을 참으로 세심하고 능숙하게 다루는 것 같다. 본인들이야 '무슨 말씀이세요, 힘들어 죽겠어요'라며 손사래를 치겠지만. 하지만 난 그들을 보면서 내가 참 엉터리로 엄마노릇을 했구나 반성하고 또 반성한다. 이제 와 반성해 봤자지만 저절로 얼굴이 달아오르는 걸 어찌하랴.

가장 움찔했던 경우는 며느리들이 아이들에게 인스턴트 식품이나 탄산음료, 단것을 아예 안 먹이려고 노력하는 모습, 철두철미하게 친환경적이고 영양중시적인 태도를 처음 맞닥뜨렸을 때였다. 불량식품도 없어서 못 먹었던 궁핍하게 자란 세대답게 난 아이들에게 내 입맛에 맛있는 모든 것, 그리고 아이들이 원하는 군것질거리는 아주 비싼 것만 아니면 뭐든지 사 줬던, 한마디로 무절제한 엄마였다. 또 일 년 열두 달 거의 하루도 빠짐없이 먹인 각종 라면의 개수는 무려 얼마인가. 불량 기름이고 환경호르몬(그땐 이런 말을 들어 보지도 못했지만)이고 그저 뭐라도 듬뿍듬뿍 푸지게만 먹으면 잘 먹인 것 같고 그만큼 잘 클 거 같아 혼자 흐뭇해했으니. 서른이 넘자마자 서로 질세라 세 아들 모두 배가 나오기 시작하고 지방간 경고를 받은 아이까지 생긴 건 그 애들 잘못이 아니라 전적으로 내 탓이다. 미련퉁이 이 엄마 탓.

그래도 효심 깊은(?) 아이들은 직접적으로 나를 탓하는 대신 조상 대대로 물려받은 유전자에 원인을 돌리지만, 천만에 이건 백 퍼센트 식습관을 잘못 들인 엄마 잘못이다. 만약 내가 아이 키우던 그 시절로 돌아갈 수만 있다면 가장 하고 싶은 일은, 아이들에게 정성 들여 만든 친환경 먹을거리로 식탁을 채우고 필수영양소를 고루 갖춘 음식을 만들어 주는 거다. 정말 그렇게 할 수 있을진 잘 모르겠지만.

아이들 데리고 다니는 일이 얼마나 번거로운 일인데 아기 때부터 유모차에 태워서 부지런히 놀러 다니는 모습도 나를 찔리게 만든다. 굳이 핑계를 대자면 우리 때는 자가용 승용차는 꿈도 못 꿀 때라 아이들 데리고 공원이니 미술관이니 놀이공원을 자주 간다는 것 자체가 너무 힘들었다. 또 지금처럼 아이들 데리고 갈 공원이나 시설이 많은 것도 아니었다. 게다가 가전제품이 막 보급되기 시작하던 즈음이라 가사노동에 들이는 시간이 지금보다 훨씬 길어서 놀러 다닐 시간이 절대 부족했다. 그리고 아직 대가족 정서가 많이 남아 있던 때라 시댁과 관련된 일들도 끊일 새가 없었다.

하지만 온갖 핑곗거리를 대령해도 가장 큰 이유는 엄마의 게으름 때문이었음은 부인할 수 없다. 아이들이 그때 막 인기몰이를 하던 자연농원에 가자고 조를 때마다 '엄마, 피곤해. 아빠도 없는데 엄마 혼자 너희 셋을 어떻게 데리고 가니?'라며 매몰차게 잘라 버렸다. 대한민국 산업화의 역군이었던 그때 아빠들은 대부분 휴일도 없이 일에 매달렸었다. 어쩌다 혼자 애들 셋 데리고 버스 타고 어린이대공원에라도 다녀오는 날이면 파김치가 되어 라면으로 저녁을 때워야 했다.

피곤하다는 것도 핑계였다. 돌이켜 보니 꼭 차를 타고 가야 하는 유명한 놀이공원이 아니더라도 살고 있던 아파트 바로 뒤 한강 둑에라도 자주 아이들 데리고 놀러 나가야 했었다. 아이들에게 꼭 화려한 장미를 보여 줄 필요는 없었다. 강둑에 흐드러지게 피어 있던 달맞이꽃이라도 자주 보여 주었다면, 그리고 이름 모를 풀벌레들을 함께 잡았다면 얼마나 재미있었을까.

아마도 내가 시골에서 어린 시절을 보냈기에 오히려 유년시절의 자연이 얼마나 감성을 충만하게 채워 주는지에 대해서 소홀했던 것 같다. 얼마 전 온 가족이 가파도에 갔다가 바람에 흔들리는 청보리밭 사잇길을 걸었다. 손주들이야 모른다쳐도 아빠가 된 내 아이들이 그 푸른 잔디 같은 것이 실은 청보리라는 걸 아무도 몰라서 내심 얼마나 충격 받았는지 모른다. 명실공히 아스팔트 킨트로 성장한 세 아이들이 모두 예술과 관련된 일을 한다는 게 정말 신기하다.

한번 들추기 시작하니 후회스러운 기억들이 줄줄이사탕처럼 끝도 없이 딸려 나온다. 이 나이에 후회해 봤자 아무 소용 없는 일인데 공연히 얼마 남지 않은 에너지를 축내지 말고 어떻게 하면 좀 더 잘 늙어 갈지나 모색하라고? 백번 옳은 말씀이다. 하지만 가장 후회되는 과거는 사실 지금도 계속되고 있으니 문제가 더 심각하다.

몸을 잘 쓰는 법을 가르치지 못한 점, 정말 후회된다. 우리 아이들은 선천적으로 운동신경이 둔한 편이다. 나는 어렸을 적부터 십 리 길을 걸어 학교에 다녔다. 달리기에도 소질이 있었고 중학교 때는 배구부 주장을 맡을 정도로 몸이 재빨랐다. 나는 아이들이 몸이 둔한 남편을 닮았다고 놀려 댔을 뿐 아이들에게 부지런히 몸을 쓰는 법을 가르치려고 해 본 적이 한 번도 없었다. 오히려 나 역시 살림을 핑계로, 나중엔 공부와 일을 핑계로 점점 몸을 방치해 갔고 몸은 자연스레 망가졌다.

아이들이 성인이 되어서도 유난히 운동과 담을 쌓고 지내는 것이 모두 내 잘못 같다. 휴일 날 식구들과 우리 집에 놀러 와서도 세 아빠들은 하나같이 어디 누워 있을 데 없나 하고 소파나 안방을 노린다.

닷새 동안 열심히 일한 당신, 쉬어라!라고 봐주고 싶지만 입에선 저절로 잔소리가 나간다. 엄마들한테만 맡기지 말고 니네 애들 좀 보라고. 아이들 키울 땐 안 하던 잔소리가.

아, 참, 빠트릴 뻔한 게 하나 있다. 내가 다시 아이 키우던 때로 돌아간다면 정말 열심히 아이들에게 옛날이야기를 들려주고 싶다. 난 유독 잠이 많다. 어렸을 때나 지금이나 잠자는 시간만은 악착같이 확보한다. 아이들 키울 때도 가장 힘들었던 게 다름 아닌 '잠을 맘껏 못 자는 것'이었다.

하루 종일 종종거리며 뛰다가 저녁을 먹고 나면 이내 잠이 쏟아졌다. 하루 종일 놀았어도 더 놀고 싶어 하는 아이들을 '안 자면 도깨비가 잡아간다'는 식으로 으르고 달래서 자리에 눕히면 아이들은 옛날이야기를 해 달라고 졸랐다. 해님달님 이야기, 콩쥐팥쥐 이야기, 신데렐라, 백설공주 이야기 등 골백번 들은 얘기를 할라치면 아이들은 다른 이야기 없냐면서 보챘지만 이미 반쯤 잠 속으로 들어가 있던 나는 '이야기 너무 좋아하면 나중에 가난뱅이가 돼'라는 낡은 협박으로 아이들의 입을 막았다.

요즘 가끔 손주들이 우리 집에서 자고 갈 때가 있다. 집이 멀지도 않은데 할머니집에서 자고 싶어 한다. 놀아도 놀아도 더 놀고 싶은 아이들을 잠자리에 들게 하려면 오래전 써먹었던 방법이 제일이다. '안 자면 도깨비가 잡아간다.' 도깨비 입장에선 많이 억울할 거다. 내 아이들처럼 아이들의 아이들도 조른다. 할머니, 옛날이야기 해 주세요.

좋은 할머니는 옛날이야기를 많이 해 주는 할머니다. 그런데 내 이야기보따리는 너무 빈약하다. 우리 아이들은 밤이면 밤마다 잠꾸러기 엄마가 먼저 잠드는 바람에 이야기를 몇 가지밖에 못 듣고 자랐다. 체면이 있지, 손주들한테까지 잠꾸러기 할머니로 비치기에는 아직 자존심이 있다. 머릿속을 쥐어짜 내 일곱 가지 여덟 가지 구전동화 창작동화를 털어놔도 아이들은 아직도 목이 마르다. 할머니 또 다른 이야기 해 주세요.

남 앞에서 강연할 땐 세 시간이 지나도 아무렇지도 않던 목소리가 손주들 두세 놈을 상대로는 한 시간만 지나면 갈라지고 목이 아프다. 레퍼토리도 금세 바닥난다. 아, 우리 아이들 때 내공을 키워 두었어야 하는데, 오늘도 난 후회한다.

아이 때문에 걱정이
많은 엄마들에게 하고 싶은 질문

"아들이 이렇게 좋은데 아까워서 어떻게 장가를 보내요?"

고등학생 아들을 둔 엄마로부터 이런 말을 들었을 때 난 너무 놀라서 입을 다물지 못했다. 외동아들 키우는 조선시대 홀어머니도 아니고 탄탄한 기업체를 운영하는 유능한 커리어우먼의 입에서 나온 말치곤 너무 원색적이지 않은가. 마치 오래전 봤던 영화 〈올가미〉 속 시어머니의 대사를 듣는 느낌이었다. 좋게 봐주자면 나이도 한참 위인데다 아들만 셋을 둔 나를 믿거라 해서 마음 놓고 속내를 드러낸 건데 내 입에선 어느새 날 선 핀잔이 튀어 나가고 말았다.

"그렇게 아까운 아들을 왜 장가보낼 생각을 해? 죽을 때까지 끼고 살면 되지."

사람 좋은 그 엄마는 내 말을 농담으로 받아들였는지 해맑은 표정으로 계속 질문을 해 댔다. 자기보다 아들을 일찍 본 친구들 말로는, 대학에 입학한 아들이 처음으로 여자친구를 집에 데려왔는데 아무리 너그럽게 봐줄래도 흠만 찾게 된다더라, 똑똑한 아들이 왜 자신보다 격이 떨어져도 너무 떨어지는 그런 여자를 사귀는지 모르겠다며 불만들이란다. 선배님은 아들 셋을 다 결혼시켰는데 솔직히 며느리들이 다 마음에 들더냐, 혹시 아들이 아깝다고 생각하지 않느냐 등등.

나는 일사천리로 대답해 준다. 아들과 며느리는 '그 밥에 그 나물'이다. 어쩌면 하나같이 그 많은 사람들 중에서 저에게 딱 맞는 배우자를 골랐는지 경탄스러울 지경이다. 그러니 아들이 마음에 드는 꼭 그만큼 며느리도 마음에 든다. 설사 내 마음에 안 든다 해도 그게 무슨 상관이냐. 저희들끼리 사는 거지, 나하고 사는 거냐. 게다가 아들이라고 늘 마음에 드는 것도 아니잖냐. 아니, 나 자신은 내 마음에 드냐.

그 엄마는 '아, 역시 선생님은 통이 크시네요, 저도 열심히 배워야겠어요'라고 고개를 끄덕였지만 눈으로 하는 말은 달랐다. '아이고, 참 고지식하시기는. 공인이라고 저한테까지 그렇게 위선 떨 거 없으세요. 아들 가진 엄마들은 다 그런 거 아니에요? 아닌 척하는 엄마와 드러내는 엄마의 차이일 뿐.'

젊은 엄마들을 만나다 보면 그들의 유난한 아들 집착에 질겁할 때가 많다. 딸아들 차별하지 않는 시대, 오히려 딸을 선호하는 시대에 들어선 지가 언젠데 아들에 대한 엄마들의 이런 집착은 왜 사라지지 않을까. 어쩌면 딸은 애써 붙잡지 않아도 결국 엄마한테 돌아올 수밖에 없다는 걸 다들 알고 있지만 아들은 아무리 붙잡아도 언젠가는 떠나 버리리라는 예감을 견딜 수가 없기 때문일까. 아니, 요즘은 결혼한 아들은 내 아들이 아니라 장모의 아들이라는 말이 우스개가 아닌 현실이라는 걸 너무 잘 알고 있기 때문일까.

아들을 끔찍이 좋아하는 엄마일수록 "이렇게 좋아하면 뭐 해, 여자 생기면 뒤도 안 보고 떠나가 버릴 텐데"라며 자조하는 걸 보면 엄마들은 서글픈 미래를 확신하는 것 같다. 그렇다면 아들한테 집착하는 마음을 미리 끊는 연습을 해야 할 텐데 오히려 더 집착하니 참 안타깝다. 마음 한구석에서는 세상 모든 아들이 매정하게 엄마를 떠나더라도 사랑하는 내 아들만은 결코 그러지 않으리라는 헛된 희망을 품고 있다.

하지만 만약 내 아들이 영영 엄마를 떠나려 하지 않는다면 그것이야말로 정말 심각한 문제라는 걸 엄마들은 알면서도 모르는 척하는 것 같다. 많은 엄마들이 아들의 지나친 의존성을 요즘 보기 드문 효자라며 의도적으로 착각한다.

결혼 후에도 아들이 엄마를 완전히 몰라라 하지 않기를 바란다면 답은 의외로 간단하다. 아들이 어렸을 때부터 밀어내는 연습을 하면 된다. 사람이란 원래 떠나보내려고 하면 다가오고 싶어 하고 다가가면 떠나가고 싶어 하는 존재니까.

밀어내야 할 아이는 아들만이 아니라 딸도 마찬가지이다. 언제 어디서나 딸과 엄마는 떼려야 뗄 수 없는 관계였다. 그러나 딸이 결혼하면 예전에는 심정적으론 밀착했지만 물리적으로는 떨어져 살아야 했던 데 반해 요즘에는 물리적으로도 밀착관계를 이어 나가고 있다.

신혼집도 친정집 근처에 얻는 경우가 더 많고 여행도 친정집 식구와 함께 다닌다. 시장이나 백화점에 가 보면 유모차를 미는 친정엄마와 팔짱을 끼고 쇼핑 다니는 딸들을 흔하게 만난다. 아들의 연봉을 알고 싶으면 장모에게 물어보라는 말은 농담이 아니다.

물론 아직은 형식적으로나마 시댁제사에 며느리가 음식을 장만하거나 명절에 시집을 먼저 찾는 풍속이 남아 있어 그때마다 인터넷에 '제사 스트레스', '명절 스트레스'를 호소하는 글들이 넘쳐 나긴 한다. 마치 조선시대와 달라진 게 하나도 없다는 듯한 푸념들이다. 하지만 이런 푸념도 아마 얼마 지나면 옛말이 될 것이다.

친정엄마가 딸과 사이좋게 지내는 모습을 보면 솔직히 부럽다. 하지만 이것도 지나치면 문제다. 결혼한 딸도, 아이를 낳은 딸도 여전히 품 안에 끼고 살던 어린 딸로 생각하는 엄마들이 참 많은 것 같다.

딸에게 김치를 담가 주고 쇼핑을 함께 다니고 아이를 돌봐 주는 것을 넘어 딸의 부부관계에 깊숙이 개입하는 경우가 비일비재하다. 딸과 사위 간에 소소한 싸움이 일어나도 일일이 참견하고 지시하려 든다. 엄마에게 의존적인 딸은 작은 문제만 생겨도 부부끼리 해결하려는 시도조차 없이 엄마에게 전화하는 게 습관이 되어 버린다. 만약 사위까지 마마보이인 경우 부부싸움은 사돈 간의 대리전쟁으로 치닫게 되고 결말은 이미 정해져 버린다.

아들이고 딸이고 지나친 밀착은 서로를 파괴할 뿐이다. 어려서부터 엄마가 밀어내는 연습을 해야 하는 이유가 바로 그것이다.

그러나 아이가 바로 나 자신인데 어떻게 밀어낼 수 있나. 아이를 밀어낸다는 생각만으로도 엄마들은 패닉에 빠진다. 그런데 나는 절대로 밀어낼 생각이 없는 아이가 어느 날부터 너무나 쉽게 나를 밀어내는 것 같아 엄마들은 상처 받는다. "난 커서 엄마랑 결혼할 거야"라던 바로 그 아이가 엄마 잔소리가 지겹다며 방문을 쾅 닫아 버린다.

엄마의 진정을 몰라주고 제멋대로 하려는 아이 때문에 세상이 무너진 듯 한숨을 쉬는 부모들에게 내가 하는 첫마디는 '아이가 내게 무엇인가'를 깊이 생각해 보라는 상당히 현학적인 냄새를 풍기는 주문이다. 도대체 아이가 내게 무엇이기에 내가 이토록 걱정스럽고 불안한 것일까. 살다 보면 너무 당연해서 오히려 깊이 생각해 보지 않는 질문을 진지하게 파 들어가는 게 도움 될 때가 많다.

아이는 예전처럼 한 집안의 대를 이어 주는 후계자라는 생각은 소위 뼈대 있는 몇몇 집안을 제외하면 단기간에 사라진 듯 보인다. 지난 몇십 년 사이에 꼭 아들을 낳아야겠다는 사람들이 갑자기 드물어진 걸 보면. 또 들을 때마다 손발을 오글거리게 만드는 '사랑의 열매'라는 낭만적인 말도 한때 연애소설이나 수기에서 자주 보였는데 어느새 슬그머니 사어가 되어 버렸다.

대신 요즘은 엄마나 아빠나 다들 아이를 자신의 분신이라고 말한다. 자신의 분신이기에 자신의 뜻대로 자라 주어야 하고 크게 성공하

내가 못 했던 걸 아이가 대신 해 주기를 바라는 것보다
아무리 나이를 먹었어도 내가 도전하는 쪽이
훨씬 의미 있지 않을까.

진 못해도 적어도 자신보다는 성공한 삶을 살아 주기 바란다. 자신의 모든 것을 바쳐 뒷바라지할 각오가 되어 있는데 아이가 그 뜻을 몰라주니 안타깝기 그지없다는 게 부모들의 고민이다.

그게 문제다. 아이를 자신의 분신으로 생각하는 부모는 아이가 독립적인 인격체라는 가장 기본적인 사실을 인정하지 않는 것이다. 아이의 의지와 욕구가 따로 있다고 믿지 않기에 자신의 의지와 욕구를 강요한다. 나의 배경이 나빴기 때문에, 능력이 모자랐기 때문에 하고 싶었는데 못 했던 것, 이루고 싶었는데 못 이룬 것들을 나의 분신이 대신 이뤄 주기를 간절히 원한다. 현재의 내가 불만족스러울수록 아이에 대한 기대는 커져 간다. 기대가 무너지면 원망도 커진다.

부모의 기대를 고분고분 따르지 않고 반발하는 아이에게 부모는 '이게 다 나를 위해선지 아냐? 너를 위해선데 그걸 몰라?'라며 호통을 친다. 하지만 솔직하게 말하면 부모의 기대는 아이를 위한 것이 아니라 자신을 위한 것이다. 그러기에 아이가 하고 싶어 하는 것에 귀 기울이려 하지 않는다. 아이는 아직 어려서, 세상을 몰라서, 진짜 자기가 원하는 것을 몰라서 반항하는 거라고 생각한다.

아무리 부모가 윽박질러도 아이가 계속 자기 의견을 고집하면 부모는 아이가 걱정되어서가 아니라 자기 자존심에 상처를 받아서 화를 낸다. 주먹만 한 게 지가 뭘 안다고 감히 날 꺾으려 들어. 나의 분신은 나에게 절대 복종해야 한다.

아이가 나의 분신이라면 나는 정말 행복할까. 나는 반대다. 아이가 정말 나의 분신이라면 나의 이 수많은 결점들을 고스란히 나눠 가졌을 게 아닌가. 생각만으로도 끔찍하다. 그리고 내가 못 했던 걸 아이가 대신 해 주기를 바라는 것보다 아무리 나이를 먹었어도 내가 도전하는 쪽이 훨씬 의미 있지 않을까.

아무리 생각해도 아이는 부모의 분신이 아니다. 부모의 몸을 빌려 태어나긴 했지만 부모와는 완전히 다른 새로운 존재다. 부모의 얼굴이나 체형은 닮았을지 모르지만 부모의 꿈까지 복제해서 태어나진 않는다.

그러므로 부모가 할 일은, 내가 못 이룬 꿈을 아이가 대신 이루어 주길 바라는 게 아니라 아이가 독립적으로 품은 꿈을 아이 스스로 키워 나가도록 돕는 것뿐이다.

자녀에게
올인하지 마라

요즘 평균적으로 한 아이에게 들이는 돈이 그 집 생활비의 60퍼센트를 차지한다는 뉴스에 깜짝 놀랐다. 아니 그럼 그 집은 무얼 먹고 살며 문화생활은 어떻게 하는 걸까, 종종 국내여행이라도 다니는 걸까, 오지랖 넓게 별별 궁금증이 한꺼번에 일었다. 또 지금은 어찌어찌 학원비를 댈 수 있다 해도 보나마나 저축은 꿈도 못 꿀 테니 대학등록금은 무엇으로 대며 결혼비용은 어찌 마련할 것이며 나중에 더 나이 들어 아무 수입도 없을 때 남은 인생을 무슨 돈으로 버틸 요량인지, 남의 일 같지 않게 애가 쓰였다.

신문 경제면을 펼치면 소위 '노후테크'에 대한 기사가 하루도 빠질 날 없이 올라오고, 전문가들마다 노후자금 마련을 위한 가장 확실한 방법은 자녀의 사교육비를 줄이는 것이라고 입을 모으고 있는데 막상 젊은 부모들은 들은 척도 안 하는 것 같다. 아마도 '당신들도 애를 키워 보면 그런 한가한 소리 못할 거다'라는 심정인가 보다.

하긴 북한에서 핵폭탄을 터뜨리겠다고 위협해도 눈썹도 까딱 않고 놀러 가는 강심장의 소유자가 우리 국민 아닌가. 몇십 년 후의 노후를 걱정해서 '아이 성적은 들인 돈에 따라 올라간다'는 오늘의 신념을 헌신짝처럼 버릴 순 없을 게다. 내 노후 걱정한답시고 애한테 들일 돈을 아꼈다가 나중에 땅을 칠지도 모르니까.

장기불황으로 어려워진 생활형편을 묘사할 때 가장 실감 나는 표현은 '식비를 줄였다'가 아니라 '아이의 학원을 끊었다'는 말이다. 그 말이 나와야 사람들은 그제야 오죽 어려웠으면 아이 학원비까지 끊었을까, 정말 가계가 바닥난 모양이구나 하고 동정심을 표한다. 그만큼 우리 가계에서 사교육비는 필수불가결한 지출항목이다.

나는 한 번도 가사도우미를 부른 적이 없지만 친구들에게 들어 보면 주말도 반납하고 오전 오후 타임을 뛰며 일하는 도우미들이 많은 모양이다. 몸도 안 좋은데 왜 그렇게 일만 하냐고 물으면 생활비도 생활비지만 아이들 학원비 혹은 어학연수비를 대기 위해 어쩔 수 없다는 대답이 나온단다.

한때는 어학연수가 취업에 결정적인 조건이 된 적도 있었지만 요즘은 어학연수 갔다 와도 말짱 헛거라는 말이 목구멍까지 치솟는 걸 간신히 참았다는 친구도 있다. 자신의 고단한 삶을 물려주지 않기 위해 남 하는 대로 다 해 주고 싶은 뜨거운 모성에 찬물을 끼얹는 짓은 감히 할 수 없었단다.

자주 다니는 동네 마트의 캐셔들은 백 퍼센트 중년여성들이다. 그들도 대부분 생활비가 아닌 아이들 학원비를 벌기 위해 나왔다고 말한다. 남편도 웬만큼 벌지만 아이들이 여럿이다 보니 고액과외는 꿈도 못 꾸고 겨우 동네 학원을 두 군데씩만 다녀도 턱없이 모자란단다.

아이 낳고 일을 그만두었을 때는 나중에 아이가 어느 정도 큰 다음에는 새로운 일에 도전하겠다는 야심찬 꿈이 있었지만, 당장 돈을 벌 수 있는 직업을 찾다 보니 별 특기가 필요 없는 캐셔 일을 하게 됐단다. 꼬박 여덟 시간씩 서서 계산기를 두드리는 일은 단순해 보일진 모르지만 상당한 중노동이다. 퇴근할 무렵이면 다리도 붓고 허리도 무지근하다. 요즘은 경기침체로 매상이 자꾸 줄어들어 캐셔를 줄이는 추세라 그나마 언제까지 일을 계속할 수 있을지 그게 더 걱정이다.

"그런데 노후대책은 있어요?"

오랫동안 얼굴을 익혀 친해진 캐셔에게 다짜고짜 물어봤다. 답은 예상한 대로 "없어요. 어떻게 되겠죠"다. 난 "이렇게 힘들게 번 돈을 애들한테 몽땅 쏟아붓지 말아요. 나중을 위해서 저축하세요"라고 했고 그는 "아이고, 선생님은 오래전에 아이들을 키우셨으니 아무것도 모르세요. 지금은 옛날하고 달라요"라며 시큰둥해했다. 물정 모르는 할머니가 가뜩이나 심란한 젊은 엄마 염장을 질렀나 보다.

4,50대 여성들이 대거 일터로 나오는 현상을 두고 일부 매스미디어에선 동정의 시선을 보내기도 한다. 남편은 조기퇴직을 하고 자식

은 취업을 못해 중년주부들이 어쩔 수 없이 총대를 멨다는 식이다. 그런 논조의 밑바닥에는 전업주부로 살아왔던 여성은 계속 집에 있어야 한다는, 여성역할에 대한 고정관념이 깔려 있다. 더 웃기는 논리는 '4,50대 여성들이 20대 청년들의 일자리를 갉아먹는다'는 식의 빗나간 해석이다. 그들이 같은 일자리를 놓고 싸운다니, 현실을 몰라도 너무 모른다.

나는 4,50대 여성들의 일터 진출을 환영한다. 비록 불안정하고 저임금의 비정규직에 몰릴 수밖에 없는 상황이 유감스럽기 짝이 없지만, 그들의 취업을 불쌍하다는 시선으로 보거나 또 청년들의 일자리를 빼앗는다는 식으로 세대갈등을 부추기는 매체들의 일방적 보도는 실소를 터뜨리게 한다.

이 백세시대에도 한번 전업주부는 영원한 전업주부여야 하는가. 여성은 언제든지 일하고 싶을 때 일할 자유가 있다. 자아실현의 욕구에 따라서든 가계 경제에 쫓겨서든. 그러나 취업동기가 오로지 자녀의 학원비를 대기 위해서라면? 그 눈물 나는 모성에 나는 공감할 수 없다.

자신의 모든 것을 바쳐 자녀를 뒷바라지하는 건 어찌 보면 우리의 오래된 미덕이다. 옛날 우리 부모들도 자식교육 시키느라고 논도 팔고 소도 팔았다. 자식 하나 대학에 보내기 위해 부모들은 허리띠를 졸라맸다. '보릿고개' 같은 단어가 아직도 기억에 선한 우리나라가 그토록 짧은 시간에 이만큼이나 살게 된 건 전적으로 뜨거운 교육열에 힘

입었다.

하지만 우리 부모세대만 해도 자녀교육에 대한 투자는 확실한 보상을 받을 수 있었다. 잘 키운 자식(아들) 하나가 온 집안을 먹여 살렸으며 부모의 노후를 책임지는 종신보험 구실을 톡톡히 해냈다.

물론 어느 시대나 그렇듯 모든 자식이 효를 실천하는 것은 아니었다. 당시에도 논밭 팔아 대학까지 교육시킨 아들이 부모를 몰라라 하는 경우가 드물지 않았다.

제목도 주연배우의 이름도 다 흐릿하지만 어렸을 때 엄마를 따라간 영화관에서 그런 내용의 영화를 본 적이 있었다. 당시로선 눈이 번쩍 뜨일 만큼 으리으리한 양옥집에 사는 멀끔하게 생긴 남자배우가 시골에서 올라온 부모를 냉대하는 장면에 관객석은 '에잇, 저런 후레자식이 있나'라며 혀를 쯧쯧 차는 소리로 가득 찼다. 여기저기서 '그러니까 자식한테 너무 잘해 주면 안 돼. 저 봐, 결국 못해 준 자식이 부모를 섬기잖아'라며 자기 일처럼 안타까워했다.

그러나 당시만 해도 아직 전통적인 효사상이 강하던 시대라 대부분의 자식들은 졸업 후 일자리를 얻자마자 가족의 생활비며 동생들 교육비를 보냈고, 부모는 그 돈을 아껴 모아 팔았던 논밭을 다시 조금씩 사들이곤 했다. 나이 들어 거동이 불편해진 부모는 당연히 자식이 모셔 갔다. 아파트 시대 초창기이던 70년대 말, 80년대 중반까지만 해도 아파트 단지에는 자식의 부양을 받기 위해 시골에서 올라온 노인들이 꽤 많았다.

대한민국은 뭐든지 빨리 변한다. '부모는 자식이 부양해야 한다'고 생각하는 사람의 수도 급격히 줄어드는 중이다. 통계라는 걸 곧이곧대로 믿을 순 없지만 최근 조사에 따르면 30퍼센트 정도로 나타난다. 물론 연령에 따라 큰 차이를 보이지만 사람들이 쉽게 넘겨짚듯 나이 든 사람들 중에서 찬성하는 비율이 압도적이리라는 예상은 들어맞지 않는다.

본인은 비록 노부모를 끝까지 모시기로 마음먹었지만 자식에게 노후를 책임지라는 요구는 지금 같은 상황에선 무리라는 걸 너무나 잘 알고 있기 때문이다. 요즘 나이 든 부모의 희망은 자식세대가 자기들 건사나 제대로 하고 사는 거다.

그런데 그 자식세대가 아이들 교육비로 허리가 휘청거리는 꼴을 보고 있자니 부모세대는 복장이 터진다. 노년세대는 그나마 고도성장기의 부동산 붐을 타고 청문회에 출석한 장관후보자들처럼 큰 재산은 못 모았을망정 집칸이나마 장만할 수 있었다. 청장년세대는 그것도 불가능하다.

노년을 버틸 최소한의 연금도 기대할 수 없는 젊은 부모들이 지출의 60퍼센트를 자녀교육에 쏟아부으면 안 되는 이유가 바로 그것이다. 자식이 성공 못해 땅을 치는 게 아니라 노후가 처량해져 땅을 치게 된다.

부모의 초라한 노후를 그저 지켜봐야만 할 그 자식세대의 심정은 얼마나 참담할 것인가. 자신한테 모든 것을 쏟아부었다는 걸 모르지 않지만 자신에겐 부모를 부양할 능력이 없으니. 죄송스러운 마음에 짓눌리다 보면 오히려 부모가 미워질지도 모른다. 차라리 자신에게 쏟아붓지 않았다면 죄책감이 훨씬 가벼워질 텐데 하고.

'자녀에게 올인하지 마라.'

나는 기회 있을 때마다 젊은 부모들에게 당부한다. 심리적으로, 시간적으로, 그리고 경제적으로 내가 갖고 있는 걸 자식에게 몽땅 쏟아붓지 말라고.

혹시 심리적으로, 시간적으로 올인하지 않으면 마음이 불안해서 견딜 수 없다는 엄마들에게 나는 설혹 그렇더라도 경제적으로만이라도 절대로 올인하지 말라고 거듭 강조한다. 구체적으로는 많든 적든 현재 지출하고 있는 사교육비의 절반을 딱 잘라 내서 노후자금을 모으라고.

자녀에게 인색한 게 무슨 부모냐고? 정말 자녀를 위하는 부모는 나중에 저 살기도 바쁜 자녀에게 경제적 부담을 주지 않는 부모다. 지금 청장년층은 평균적으로 아흔 살까지 산다는데 예순 살 자녀들로부터 부양받기를 원하는가.

부모의 기준이 너무 높은 것이 문제다

배 속에 다른 생명체가 생겼다는 사실을 안 순간 엄마에게는 두 가지 목표가 생긴다. 하나는 여태까지는 별로 신경을 쓰지 않았던 자신의 몸을 잘 보살펴서 꼭 건강한 아이를 낳아야겠다는 목표, 또 하나는 아이를 잘 키워서 자신과는 다른 훌륭한 사람으로 만들어야겠다는 목표다. 아이가 무사히 세상에 태어나는 순간, 첫 번째 목표는 이루어진 셈이니 이제부턴 두 번째 목표를 위해 달려야 한다고 결심한다.

엄마가 생각하는 훌륭한 사람, 그는 어떤 사람인가. 일단 몸 튼튼, 마음 튼튼은 기본, 착하고 공부 잘해 좋은 학교 나와서 세상에 이름을 떨치고 돈도 잘 버는 사람이다. 엄마나 아빠처럼 그저 그렇게 사는 찌질한 사람이 아닌, 멋지게 성공해서 온 세상 사람들의 부러움을 한 몸에 받는 사람이다. 글로벌하게 성공하면야 더 바랄 게 없지만 그 정도까지는 못 되더라도 국내에서 이름만 대면 누구나 알 만한 사람이다. 참고로 요즘 젊은 엄마들이 꼽는 가장 훌륭한 사람은 반기문 유엔 사무총장과 김연아 선수라는 말이 있다. 아, 참 순식간에 말춤으로 전 세계를 강타한 가수 싸이도 순위에 오를 법하다.

반기문 사무총장처럼 되기 위해선 일단 공부를 뛰어나게 잘해야 하는데 솔직히 엄마아빠의 DNA에 자신이 없다. 그래서 공부보다 재능에서 성공하기를 바라는 엄마가 요즘에는 대폭 늘어나고 있다. 물론 이때도 엄마가 원하는 목표는 아이가 자신의 재능을 살리면서 즐겁게 사는 데 그치는 게 아니라 그 분야의 일인자로 이름을 떨치는 것이다. 유명한 사람이 바로 훌륭한 사람이다.

하지만 일인자가 된다는 게 말처럼 어디 쉬운 일인가. 그리고 꼭 남들이 부러워할 정도로 성공하고 유명해져야만 훌륭한 사람인가. 내 아이가 그렇게 된다면 엄마로서 남다른 자부심을 느끼겠지만 그렇게 안 되더라도 엄마노릇을 잘못한 것도 아니요, 내 아이가 훌륭하지 못한 것도 아니다.

아이를 훌륭한 사람으로 키워야겠다는 결심은 엄마라면 당연히 갖추어야 할 자세이다. 그러나 '훌륭한 사람'이 꼭 남들이 부러워할 정도로 성공하고 유명한 사람이라는 생각은 너무 좁은 정의가 아닐까. '훌륭하다'의 사전적 의미는 '썩 좋아서 나무랄 곳이 없다'로 어찌 보면 평범한 느낌까지 풍기는 말이다. 성공이나 유명이라는 단어와는 별로 어울리지 않아 보인다. 그보다는 인품이 좋은 사람을 가리키는 것 같다.

물론 우리가 누군가를 훌륭한 사람이라고 평가할 때는 그 사람이 단지 성공했고 유명하기 때문만이 아니라 인품까지 포함해서 말한다. 아무리 출세하고 돈 잘 벌고 유명해도 인품이 개차반이라고 알려지면 누구도 훌륭하다고 하지 않는다.

그렇지만 또 아무리 인품이 좋아도 찌질하게 보이면 역시 훌륭한 사람이라고 부르지 않는다. "그 사람, 참 사람은 좋아"라는 말이 칭찬이 아니라는 건 누구나 다 아는 사실이다. 그렇게 무능력한데 인품만 좋으면 뭐 하냐는 노골적인 비아냥인 것이다.

이것도 양극화 현상일까. 우리 사회는 어느 땐가부터 낙오한 사람들은 물론 평범한 사람들까지 싸잡아 찌질이로 부르는 것 같다. 선거 때마다 국민의 99퍼센트가 상위 1퍼센트에 대한 상대적 박탈감을 느끼도록 부추긴다.

분위기가 이렇게 가니 훌륭한 사람이 되기도 점점 어렵게 된다. 큰 돈을 벌지 않아도 크게 성공하지 않아도 크게 유명해지지 않아도 얼마든지 훌륭한 사람이 될 수 있다는 말은 그저 얍삽한 위로 말씀으로 들린다.

그래서 엄마들은 내 아이가 진짜 훌륭한 사람이 될 확률은 1퍼센트도 안 되리라는 체념을 이미 가슴 밑바닥에 깐 채 입으로는 끊임없이 아이에게 훌륭한 사람이 되라고 닦달한다. 아이의 미래를 비관적으로 보니 자연히 아이의 현재가 낙관적으로 보일 리 없다. 훌륭한 사람의 범위가 너무 좁기 때문에 아이가 웬만큼 훌륭하게 자라도 후한 점수를 주는 데 인색하다.

아이가 아무리 상냥하고 인사성 바르고 성실하고 정직해도 뛰어난 성적이나 뛰어난 재능을 보이지 않으면 엄마는 못마땅하기만 하다. 오히려 속으로 성격은 조금 못돼도 좋으니 더 똑똑해지기나 했으면 좋겠다고 바란다. 이미 훌륭한 인품을 가진 아이를 있는 그대로 인정하지 못하는 것이다.

사랑에 눈이 멀어 내 아이의 단점을 못 보는 것도 문제이지만 그 반대로 객관적 평가라는 이름 아래 내 아이의 장점에 인색한 것은 더 큰 문제이다. 엄마가 객관적이라고 생각하는 기준들이 실은 지나치게 세속적인 것, 통념적인 것일 때가 많기 때문이다.

엄마들은 걱정한다. 아이가 상냥하고, 인사성 바르고, 성실하고 정직한 건 좋지만 그렇게 살면 결국 세상에 적응 못하고, 남에게 이용만 당한다고. 우리 친정아버지도 그렇게 살았고, 남편도 그렇게 살아서 속이 터진다고. 아이만은 그렇게 살게 하고 싶지 않다고. 그렇다면 엄마들이 진정으로 원하는 건 아이들이 훌륭하게 자라지 않는 것?

그러고 보니 엄마가 진짜 원하는 건 훌륭한 사람이 아닐지도 모른다. 정확하게 표현하자면 문자 그대로의 훌륭한 사람은 되지 말고 대신 돈 많이 버는 사람, 높은 자리에 오르는 사람, 이름을 떨치는 사람이 되기를 원하는 거다.

어찌 보면 지금 당장은 현실에 대한 불만 때문에, 그리고 미래에 대한 불안 때문에 아이가 뭔가 확실한 것을 잡아 주길 바라는 욕심 때문에 그런 거라고 이해할 수도 있다. 하지만 나중에 나이 든 다음에 내 아이가 정작 큰돈과 높은 지위를 얻었을 경우 엄마는 무작정 자랑스럽고 만족스러워할까? 물론 아이가 어렸을 적의 훌륭한 인품을 잃지 않고 그 위치에 도달했다면 더할 나위 없겠지만 엄마들도 그건 과한 욕심인 줄 이미 알고 있다.

자존심 때문에 겉으론 표현하지 않겠지만 그때가 되면 엄마들은 아마도 내 아이가 좀 덜 출세하더라도 훌륭한 인품의 소유자였으면 더 좋았을걸 하고 바랄지도 모른다. 나이 들수록 욕심이 줄어들고 사람 사이의 따뜻한 관계가 더 그리워지기 때문이다. 그때가 되면 가장 성공한 엄마는 아이를 보란 듯이 성공시킨 엄마가 아니라 아이가 어떻게 살든 아이와의 관계를 늘 따뜻하게 이어 가는 엄마라는 사실을 절실히 느끼게 되기 때문이다.

그러니 아이를 훌륭하게 키운다는 것은 바로 아이가 상냥하고, 인사성 바르고, 성실하고 정직하면서도 늘 당당하게 키우는 것이다. 어려서부터 당당하게 자란 사람은 자신이 어떤 일을 하든, 어떤 위치에 있든 결코 스스로를 찌질하게 산다고 비하하지 않는다. 또 출세한 사람 앞에서 기죽지 않으며 가난한 사람에 대해서도 함부로 무시하지 않는다.

문제는 아이의 당당함을 엄마가 자기 식대로 해석해 버리는 데 있다. 즉 아이가 무얼 몰라서 저렇다는 식으로 찍어 누르기 쉽다. 아직

가장 성공한 엄마는
아이를 보란 듯이 성공시킨 엄마가 아니라
아이가 어떻게 살든 아이와의 관계를
늘 따뜻하게 이어 가는 엄마다.

맑은 눈으로 세상을 보는 아이에게 엄마가 아는 세상, 냉혹하고 혼탁한 세상을 미리 알려 줘서 겁을 주는 거다. 식당에서 뛰지 말라고 타이르는 어른에게는 왜 남의 아이 기죽이냐며 펄펄 뛰는 엄마들이 정작 자신은 이렇게 은근하고 꾸준하게 아이 기를 꺾어 버리기 일쑤다.

아이에게 엄마가 보는 세상을 앞당겨 보여 줄 필요가 있을까. 게다가 엄마가 보는 세상이 세상의 전부는 더욱 아니다. 엄마가 보는 세상은 사하라 사막의 모래 한 알만큼 작을지도 모른다.

아이는 아이의 눈으로 세상을 볼 줄 안다. 어렸을 때 당당한 아이는 엄마가 훼방만 놓지 않는다면 커서도 언제 어디서나 당당하게 살 수 있다. 인품도 좋은 데다 당당하기까지 하다면 그보다 더 훌륭한 사람이 어디 있으랴. 꼭 세상에 이름을 떨치고 돈을 많이 벌어야 훌륭하게 사는 건 아니잖은가. 엄마도 나이가 들수록 새록새록 깨닫는 것 아닌가.

엄마가 아이보다 더 오래 살았으니 아이보다 더 잘 안다는 생각은 착각이다. 나이가 반드시 혜안을 만들어 주진 않는다. 아이를 훌륭하게 키우고 싶다면 내 생각은 과연 얼마나 훌륭한지 성찰하고 또 성찰해야 한다.

아이 키우는 가장 큰 소득은 이렇게 아이를 키우는 과정에서 나도 덩달아 커 가는 게 아닐까.

아이는
손님처럼

아이에게서 집착을 끊으라고 하면 많은 엄마들이 항변한다. 다른 엄마는 모르지만 적어도 나만은 아이에게 집착하는 것이 아니라 아이를 내 목숨보다 더 사랑하는 것일 뿐이라고. 정상적인 엄마라면 배 아파 낳은 아이에게 본능적으로 무조건적인 사랑을 주게 되어 있는 게 아니냐고. 그런 사랑을 집착이라고 폄하하는 건 신성한 모성에 대한 모독이라고.

그러나 엄마의 사랑이 과연 무조건적이라고 자신 있게 말할 수 있을까. 그렇다면 아이가 내 뜻을 따르건 안 따르건 상관없이 사랑해야 하는 게 아닐까. 아이가 공부를 잘하건 못하건 똑같이 사랑해야 한다. 아이가 내 몫까지 살아 주지 않는다고 실망할 필요도 없다. 나는 네게 올인했는데 너는 어쩌면 이리도 나를 몰라 주냐며 원망해서도 안 된다. 정말 무조건적으로 사랑한다면 엄마는 그저 어떤 상황에서도 아이를 지지해야 한다.

사랑이 지나치면 집착이 된다. 집착이 지나치면 사사건건 아이를 지배하고 싶어진다. 지배당하는 아이는 지나치게 의존적이 되거나 아니면 뛰쳐나가려고 한다. 둘 다 엄마가 원하는 상황이 아니다.

집착하고 지배하지 않으려면 일단 엄마와 아이 사이에 적당한 거리를 두어야 한다. 거리를 두라고 하면 엄마들은 껄끄러운 표정부터 짓는다. 평소 부모와 자녀 사이의 가장 좋은 관계란 거리가 없는 관계라고 믿어 왔기 때문이다. 거리가 없어야 속내를 맘 놓고 드러낼 수 있으며 친밀감을 유지할 수 있지 않느냐는 거다. 아빠와 자녀 사이가 소원한 건 그 사이에 늘 좁힐 수 없는 거리가 존재하기 때문이라고 하지 않는가. 엄마까지 거리를 두면 아예 남남이 되라는 말이냐며 강한 거부감을 나타내는 엄마를 많이 보았다. 엄마들은 자녀와의 사이에 조금이라도 거리가 생길까 봐 늘 두려워한다. 아이에게 존댓말을 가르치지 않는 이유도 거리감을 느끼게 될까 봐 두려워서다.

거리를 두라는 말이 꼭 아이를 모르는 척 내팽개쳐도 좋다는 뜻은 아니다. 지금처럼 본드로 붙여 놓은 것처럼 밀착하지 말고, 그래서 숨이 가쁠 정도로 꼭 끌어안지 말고, 자유롭게 숨을 쉴 정도의 틈을 내주라는 말이다. 너무 밀착돼 있으면 아이의 모습을 제대로 관찰할 수 없다. 뿐만 아니라 나의 엄마노릇이 어떤지 제대로 판단할 수도 없게 된다.

그런데 문제는 이 거리 두기가 맘처럼 쉽지 않다는 사실이다. 엄마들은 아이가 쑥쑥 자라길 원하면서도 한편으로는 늘 내 품속에 품어 두고 싶은 이중적인 마음을 갖고 있다. 아이가 품속을 떠날 때의 그 허전함을 생각만 해도 서글퍼지기 때문이다.

여기서 냉정한 처방을 내리자면, 거리 두기의 가장 성공적인 방법은 가슴이 좀 아프겠지만 아이를 내게 온 손님으로 생각하고 대하라는 것이다. 아이를 손님으로 생각하는 데 성공한다면 이제까지 아이 때문에 불안하고 속상했던 일들이 일시에 사라지면서 마음이 편안해지는 상태를 맛볼 거라고 단언할 수 있다.

사실 요즘은 남의 집에 무료로 장기간 머무르는 손님은 거의 사라진 시대다. 하지만 한 세대 전만 하더라도 도시에는 시골에서 올라온 친인척들로 손님이 끊일 새 없던 집이 많았다. 체면 때문에 또는 정 때문에 홀대할 수 없는 그 손님들 치다꺼리는 순전히 주부의 몫이었다. 손님이 사라진 시대에 아이를 새로운 손님으로 집에 들였다고 상상하면서 아이와의 관계를 새로 세우는 시도는 육아의 재미와 의미를 배가시키리라 믿는다.

그럼 이제부터 아이를 손님으로 생각함으로써 얻는 이득들을 짚어 보기로 하자.

먼저, 아이를 손님으로 생각하면 자연히 거리감이 생겨 집착 따위가 생길 여지 자체가 없어진다. 그저 우리 집에 있는 동안 아무 탈 없이 건강하고 즐겁게 지내다가 때가 되면 홀연히 떠나기를 바랄 뿐이다. 공연히 신경전을 벌이는 일이 일어나지 않도록 서로 조심하며 살면 다행이다. 주인과 손님 사이에 끝까지 서로 좋은 감정, 더 나아가서 친밀감 같은 것을 갖고 지내면 더 바랄 게 없다. 다만 이 손님은 장기투숙객이다. 짧게는 20년, 길게는 30년 이상 동거해야 한다. 너무 잘해 주면 40년 이상 머무를지도 모르는 게 흠이지만.

다음으로, 아이를 손님으로 생각하면 아이의 모든 것을 지배하려는 욕망이 사라진다. 손님은 철저히 독립된 인격체이다. 손님이 늦게 일어나거나 늦게 귀가하거나 혹은 회사에서 잘렸거나 나하곤 상관없는 일이다. 정해진 식사시간을 지키지 않으면 상을 치워 버리면 그만이지 억지로 먹이려거나 화를 내거나 할 필요가 전혀 없다. 굶는 게 안타까운 마음에 정 먹이고 싶다면 손님에게 다시 차려 줄 용의가 있으니 먹겠냐며 의사를 타진하면 된다. 나한테 피해를 주지 않는 이상 그의 사생활에 간섭하면 안 된다. 그의 인생은 그가 책임질 일이다.

덧붙여, 아이를 손님으로 생각하면 아이와의 갈등의 가장 큰 원인이었던 큰 기대가 아예 생기지 않는다. 큰 기대가 없으니 따라서 큰 실망도 없을 건 뻔하다. 손님의 성격이 내 맘에 쏙 들면야 좋겠지만 성격이 내 맘에 안 든다고 답답해할 게 없다. 손님이 공부를 뛰어나게 잘하면 함께 기뻐하겠지만 그 반대라고 해서 내가 먼저 심란해하지 않아도 된다. 손님이 좋은 직장에 취직을 하면 축하해 주면 되지만 취직에 실패했다고 해서 내가 좌절할 필요는 없다. 그저 조용히 위로를 보내고 따뜻하게 격려해 주면 그만이다. 대부분 손님에게는 큰 기대만이 아니라 작은 기대도 접게 된다. 혹시 손님이 기꺼이 집안일을 도와 주거나 작은 선물이라도 준다면 주인으로선 감격할 일이다.

그리고 아이를 손님으로 생각하면 웬만한 일에 참을성이 커진다. 왜냐하면 영원히 우리 집에 머물 사람이 아니라 언젠가는 결국 떠날 사람이니까. 손님이 혹시 짜증 나게 구는 일이 있어도, 또는 무례하게 구는 일이 있어도 얼마든지 참아 낼 수 있다. 화를 내거나 잔소리를 해 봤자 고쳐질 일이 아닌데 공연히 터뜨렸다간 나만 평판이 나빠진다. 그러니 참고 또 참아야 한다.

아이를 손님으로 생각하면 가장 좋은 일. 드디어, 어느 날 손님이 떠나 버린다는 사실이다. 한편으로 후련하고, 한편으로 서운하지만 무사히 떠나보냈다는 데서 오는 흡족함은 상상 이상으로 크다. 무엇보다 손님을 치르는 기간 내내 나 역시 마음수업을 많이 한 것 같아 스스로에게 뿌듯하다. 아이도 결국 그렇게 떠나 버릴 사람이다. 아니 떠나보내야 하는 사람이다.

마지막으로 손님과의 관계는 떠나기 전이나 떠난 후에도 내가 어떤 주인노릇을 했느냐에 따라서 달라진다. 내가 손님을 진심으로 존중하고 배려했다면 그는 내게 늘 고마워하고 떠난 후에도 날 잊지 않고 자주 찾아올 것이다. 일단 떠난 후에도 관계가 지속되느냐 마느냐는 내 쪽에서 억지로 부른다고 될 일이 아니다. 혹시 예의상 찾아올 수도 있겠지만 그것과 보고 싶어 찾아오는 것은 영 다른 차원이다. 계속 좋은 관계를 이어 가기 위해서라도 손님에게 성의껏 대접하되 부

아이를 언젠가는 떠날 손님이라고 생각하면
아이에 대한 생각이 확 달라진다.
내 맘보다 아이의 맘을 살피게 되고,
어떻게든 늘 잘해 주고 싶고,
단점보다는 장점에 더 눈이 가며,
조그만 호의에도 고마워하게 된다.

담을 주지 말아야 하는 것이다.

아이를 언젠가는 떠날 손님이라고 생각하면 아이에 대한 생각이 확 달라진다. 내 맘보다 아이의 맘을 살피게 되고, 어떻게든 늘 잘해 주고 싶고, 단점보다는 장점에 더 눈이 가며, 조그만 호의에도 고마워하게 된다.

그리고, 먼 훗날의 이별이 문득문득 떠올라 저도 모르게 마음이 애잔해진다. 어느 날 갑자기 닥칠 이별의 순간을 떠올리니 평범하기만 했던 지금 이 순간이 갑자기 소중하게 다가온다. 지금 이 순간 사랑하는 아이가 내 옆에 있다는 사실만으로도 새삼 모든 것이 고맙게 느껴진다. 똘망똘망한 눈망울의 아이가 한없이 모자라기만 한 나 같은 사람을 엄마라고 부르면서 전적으로 믿고 의지하는 모습도 새삼스러운 감동이다. 혹시라도 아이를 잘못 키우면 어떻게 하나라는 막연한 불안감 때문에 그간 아이 키우기의 기쁨과 보람을 잊고 살았음을 불현듯 깨닫게 된다. 기쁘고 감사한 마음으로 아이를 바라보고 있자니 내가 억지로 키우려 애쓰지 않아도 아이는 잘 자라리라는 믿음이 점점 확고해진다. 이렇게 믿음직한 아이를 그동안 몰라보다니 왜 그랬을까. 아이를 키운다는 게 이렇게 고마운 일인걸, 이렇게 쉬운 일인걸 왜 그렇게 어렵게만 생각했는지 정말 모를 일이다.

가뜩이나 아들은 결혼하면 처가식구로 편입되고 손주를 낳아도 얼굴 보기가 연중행사처럼 되어 가는 요즘인데 그렇게 결혼 전부터 손님처럼 키우면 나중에 아예 발길을 딱 끊지 않겠느냐고 걱정하는 이들이 많다.

하지만 쓸데없는 걱정이다. 아들이 친가에 잘 안 들르는 이유는 며느리가 시가에 오는 걸 꺼리기 때문이고, 며느리가 시가에 오는 걸 꺼리는 이유는 한마디로 시가가 불편하기 때문이다. 왜냐하면 아들은 언제나 오래된 식구처럼 편하게 대하는 반면 며느리는 거의 늘 손님처럼, 그것도 귀한 손님이 아니라 깔보는 손님으로 대접한다는 인상을 받기 때문이다. 공연히 눈치가 보이고 마음 편히 앉아서 쉴 곳도 마땅치 않으니 자꾸만 시가를 멀리하게 되는 것이다. 그러니 아들이 친가에 자주 오게 하려면 아들한테 잘해 줄 생각보다 며느리한테 잘해 줄 생각을 먼저 해야 한다. 예전부터 아들을 손님처럼 대하는 법에 익숙해 있다면 며느리에게도 제대로 손님대접을 하는 게 어렵지 않을 것이다.

우리 집은 아들들만 있는데도 온 식구가 주말마다 모이는 걸로 지인들 사이에서 유명하다.(별 게 다 화젯거리가 되는 세상이다.) 아들들이 바빠서 못 오는 날에는 며느리들만이라도 아이들을 데리고 꼭 놀러 온다. 여행을 갈 경우도 마찬가지이다. 작년에는 남편의 칠순기념으로 큰맘 먹고 온 가족이 제주도여행을 갔는데 막내아들은 일 때문에 못 왔지만 막내며느리 혼자 두 애를 데리고 대형 트렁크를 끌고 따라왔다. 택시 타고 비행기 타고 또 배 타느라고 고생이 장난 아니었는데. 아들들이 못 오는 경우 나는 며느리들이 혼자 애들 간수하는 게 힘들까 봐 말리는 편인데 그럴 때마다 며느리들은 오히려 섭섭해한다. '어머니, 제가 따라가는 게 싫으세요?'라며 기를 쓰고 따라나선다.

함께 일하는 젊은 여성들에게 무심코 이런 이야기를 하니 그들은 '어떻게 남편도 없이 시집식구들하고 여행을 하냐'며 눈이 둥그레진다. 자기들 같으면 옳다구나 하고 빠져 버렸을 거란다. 의무적으로 해야 하는 효도관광이라면 몰라도 자발적으로 시집식구들하고 여행 간다는 건 상상만 해도 부담스럽다고 한다. 더구나 남편도 없이 간다는 건 있을 수 없는 일이라고 못박는다. 요즘 젊은이들의 시집에 대한 생각이 저 정도였나 오히려 내가 더 놀랄 지경이었다.

우리 집을 두고 '요즘 보기 드문 참 다복한 가정'이라고 부러워하며 친구들은 나름대로 그 비결이 뭔지 짚어 본다. 아들들이 효자인가 보다, 며느리들이 참 착한가 보다, 시아버지가 무서운가 보다, 시어머니가 참 잘해 주나 보다 등등. 네 가지 중 한 가지는 맞는 것 같다.

그러나 내가 생각하는 정답은 다르다. 자식을 손님처럼 키우면 그는 영원히 좋은 손님으로 남는다는 것. 아무런 부담 없이 들르고 싶을 땐 언제나 들른다는 것. 혼자만이 아니라 자기네 식구까지 데리고 와서 보여 주고 싶어 한다는 것.

그러므로 끝까지 자식과 좋은 관계를 유지하고 싶다면, 매달리지 마라. 손님처럼 항상 떠나보낼 준비를 하라.

Chapter 3

할머니가 되어 확실하게 말할 수 있는 육아의 지혜

| 공부 |

아이가 공부 못하는 게 왜 엄마 탓인가

학교에서 열리는 학부모 모임에 나가 보면 공부 잘하는 아이 엄마와 공부 못하는 아이 엄마를 한눈에 딱 알아맞힐 수 있다. 환한 표정에 당당한 자세 대 약간 불안한 듯한 표정에 위축된 자세의 대비가 아주 선명하게 드러나기 때문이다. 공부 못하는 아이 엄마는 공부 잘하는 엄마의 잘난 척하는 태도가 아니꼽지만 웬일인지 그 앞에만 서면 한없이 작아지는 기분이 든단다. 담임교사와 면담할 때도 큰 잘못을 저지른 것 같은 기분에 공연히 자꾸만 머리를 조아리게 된단다.

아이의 공부에 비교적 대범했던 엄마들이 학부모 모임에만 나가면 스트레스를 받아 아이를 닦달하기 시작한다. 다른 엄마들에게 무시당했다는 기분도 기분이지만 스스로에 대해서 한심한 생각이 들어서다. 도대체 무슨 대단한 걸 좇느라고 아이를 방임해서 열등아로 만들었는지 되짚어 보면서 나름 괜찮게 살았다고 자부하던 자신의 인생이 갑자기 허무하게 느껴진다.

리더십이 뛰어난 엄마에게 학교에서 중요한 역할을 맡기려고 해도 '공부도 못하는 아이를 둔 엄마가 주제넘게 어떻게…'라며 고사한다. 내가 만난 한 엄마는 자신은 별로 바쁜 일이 없기 때문에 학교에 어떤 식으로든 봉사를 하고 싶은데 아이 때문에 나설 엄두를 못 낸다고 털어놓았다. 솔직히 더 두려운 건 다른 엄마들의 눈이란다.

온갖 미디어에서 얄팍한 과학지식을 흥미본위로 다루면서부터일까. 우리 사회에는 언제부터인가 모든 것을 DNA 탓으로 돌리는 경향이 강해진 것 같다. 아무리 후천적 환경이 중요하다고 말들은 하지만 그에 앞서 성격이나 체질 그리고 재능과 지능은 DNA를 넘어설 수 없다는 믿음이다.

특히 예로부터 전해 내려온 '아들의 머리는 엄마 머리를 닮는다'는 속설은 이제 아주 그럴듯한 과학적인 지식으로 둔갑했다. 거기에다 딸 역시 엄마를 롤모델로 삼기 때문에 엄마의 삶이 딸의 미래에 절대적인 영향을 끼친다고들 한다. 요즘 들어 아버지가 육아에 함께 참여해야 한다는 목소리는 꽤 높아졌지만 이상하게도 아버지가 아이에게 미치는 영향력에 대해서는 별로 알려진 게 없다. 특히 아이의 지능과 관련해서는.

미디어는 엄마들이 갈수록 아이 키우기에 자신감을 잃게 만드는데 크게 기여하는 중이다. 어디 숨어 있다가 홍수처럼 터져 나오는지 요즘 미디어에는 날이면 날마다 국내외에서 크게 성공한 멋진 한국인의 이야기가 줄을 잇는다. 그들은 자서전이나 인터뷰를 통해 하나같이 어머니의 절대적인 지지와 헌신적인 뒷바라지가 성공의 동력이었다고 회고하며 어머니에 대한 감사와 사랑을 거듭 강조함으로써 독자와 시청자를 뭉클하게 만든다.

엄마들은 전 같으면 책에서나 읽었던 이상적인 어머니상, 즉 맹자 어머니나 한석봉 어머니를 매일처럼 접하면서 찡한 감동과 더불어 은밀한 자격지심을 느끼기 일쑤다. 아이의 성공이 전적으로 엄마에게 달렸다는 메시지의 반복은 정작 지금 어린아이를 키우느라 쩔쩔매는 젊은 엄마들에겐 엄청난 부담을 안긴다. 엄마들로선 완전히 부정할 수도 그렇다고 완전히 수용할 수도 없는 내용이기에.

단지 아이들이 모두 세칭 일류대학에 들어갔다는 이유 하나만으로 어느 날 아침부터 훌륭한 엄마 대접을 받고 있는 나는 양심에 꺼려서라도 아이의 성적이 곧 엄마의 성적이라고 주장할 자신이 없다. 엄마의 별다른 도움 없이 아이들이 스스로 힘들게 알아서 한 공부를 어떻게 감히 내 덕이라고 생색을 낼 수 있단 말인가. 거꾸로, 혹시 아이들이 공부를 못했더라도 그게 전적으로 내 탓이라고 자책하지도 않을뿐더러 공부 잘하는 엄마 앞에서 결코 기죽지 않겠다는 것이 나의 다짐이다(이렇게 말하면 많은 엄마들이 빈정거린다. 자식이 공부를 잘하니까 그런 말을 하는 거지, 당신이 당해 본 엄마의 심정을 알기나 하냐고).

공부 잘하는 아이 엄마는 우월한 인간이고 공부 못하는 아이 엄마는 열등한 인간이라고 잘라 말하는 것은 지독한 편견이자 나아가서는 인권에 대한 모독이다.

누구나 알다시피 아이가 공부를 못하는 원인은 한두 가지가 아니다. 처음부터 글자나 숫자에 흥미를 잃었을 수도 있고 책상에만 앉으면 실제로 머리가 아파 올 수도 있고 또 아무리 열심히 해도 이해력이 뒤따르지 않을 수도 있다. 혹은 공부보다 재미있는 일이 주위에는 너무 많이 널려 있기 때문이기도 하다. 이런 원인들까지도 결국은 애초부터 아이에게 공부에 흥미를 잃게 만든 어리석은 엄마 때문이라고 비난한다면 정말 할 말 없다. 엄마의 사랑은 무한하지만 엄마의 능력은 유한하다. 그런데도 세상은 왜 이토록 엄마의 능력을 과대평가하고 싶어 할까.

나는 아이의 삶이 엄마의 삶과 아무런 상관관계가 없다고 주장하고 싶은 게 아니다. 아이의 성적 하나로 엄마의 성적을 매기는 건 부당할뿐더러 아이를 위해서도 엄마를 위해서도 아무 도움이 되지 않는다는 말이다. 굳이 엄마에게도 성적을 매기고 싶다면 총체적으로 평가하는 것이 옳다.

내가 가장 부러워하는 엄마는 인품 좋은 엄마다. 아이의 성적이 아니라 아이의 인품이 곧 엄마의 인품이라는 데 선뜻 한 표를 던지겠다. 물론 나무랄 데 없는 인품을 가진 엄마 밑에서도 끔찍한 범죄자가 나와 세상을 놀라게 하는 경우도 아주 없는 것은 아니지만 대부분은 엄마가 인품이 좋으면 아이들도 그대로 닮는다는 게 상식이다. 주위를 둘러봐도 거의 그렇다. 인품이 좋지 않은 엄마를 만나면 나하고 아무런 상관도 없으련만 공연히 그 집 아이들이 걱정되고, 인품이 좋은 아이를 만나면 저절로 그 엄마의 모습이 그려지면서 꼭 만나 보고 싶어진다.

학교폭력이나 성범죄 등 비행을 저질러 문제시 된 청소년의 엄마들이 경찰서로 달려와 "우리 애는 그런 애가 절대 아니에요" 하며 극구 부인하는 경우를 자주 본다. 부모 말도 잘 듣고 공부도 잘하고 얌전한 아이가 그런 나쁜 짓을 했을 리가 없다는 거다. 물론 나도 아이를 키워 본 엄마로서 가슴은 아프지만 마음 한편에선 '엄마라면서 자기 자식을 그토록 몰랐느냐'는 의문이 생기는 것도 사실이다. 평소 아이와의 소통에 게을리하지 않는 엄마라면 아이의 태도나 심리변화를 초기에 눈치챌 수 있다고 믿기 때문이다. 물론 이것 역시 엄마에게만 책임을 물을 문제는 아니다.

성적은 엄마 마음대로 올리기 어렵지만 아이의 인품은 엄마가 마음먹는 대로 만들 수 있지 않을까. 이런 사람이 되어라, 저런 사람이 되어라 시시콜콜 잔소리 늘어놓지 않아도 엄마가 일상생활에서 몸으로 모범을 보이기만 하면 된다. 입으로는 거짓말은 나쁜 짓이라고 하면서 정작 엄마는 거짓말을 밥 먹듯 한다든가, 입으로는 친구와 사이좋게 지내라고 하면서 엄마는 노상 남의 뒷담화나 즐긴다면? 또 부부간에 서로 끊임없이 상대를 헐뜯는다면? 겉으론 드러내지 않아 엄마 눈에는 순종적으로 보일지 몰라도 아이의 마음속엔 인간에 대한 경멸이 자라난다.

엄마도 인간인데 그럼 성인군자처럼 살라는 말이냐고? 그냥 보통 시민이면 된다. 아이를 키우는 엄마라면 성인군자가 아니라 최소한의 상식과 인간에 대한 예의는 갖추고 살아야 한다. 멀쩡한 횡단보도가 있는데도 조금 멀다고 아이 손을 잡고 아무 데서나 무단횡단 하는 엄마들이 아직도 눈에 띈다. 아이는 교통법규를 지켜야 한다며 머뭇거리는데 엄마는 왜 애가 이렇게 답답하냐며 오히려 화를 낸다.

아이의 성적은 엄마의 성적이 아니다. 그리고 도대체 공부 좀 못하면 또 어떤가. 한때 공부 잘했다고 인생이 꼭 잘 풀리는 게 아니라는 건 아이 키울 나이쯤 되면 다 아는 이야기다. 오히려 한때 공부 좀 했다는 사실이 인생의 걸림돌로 작용하는 경우를 주위에서 많이 보지 않는가. 우리 세대에는 무슨무슨 대학을 나왔기에 시시한 직장은 죽어도 못 들어가겠다는 오기 때문에 결국 변변한 일 한번 해 본 적 없이 일생을 낭인처럼 사는 사람들이 꽤 많았다. 요즘은 더 많다고들 한다.

그러므로, 아이가 한때 공부 좀 못한다고 엄마가 기죽을 필요 절대 없다. 엄마들을 대표해서 일을 하고 싶으면 선뜻 나서라. 아이가 공부 좀 못하는 거지, 내가 공부 못하는 게 아니니까.

| 적성 찾기 |

기다려 주는 부모가 되라

"문제는 성적이 아니라 적성이다"라는 말이 먹히는 시대가 드디어 왔나 보다. 21세기에 들어선 지 10년이 지나니 그동안 젊은 부모들 생각이 많이 바뀐 걸 실감할 수 있다. 10년 전만 하더라도 '아무리 세상이 달라진다 해도 행복은 성적순'이라며 굽힘 없이 아이들 공부에만 목매달던 부모들이 요즘엔 어떻게 해야 아이 성적을 올릴 수 있냐며 채근하는 대신 어떻게 해야 아이들의 적성을 찾아 키워 줄 수 있냐고 물어 온다.

명문대 나와서 일류기업에 들어가 봤자 평생을 보장해 주는 것도 아니요, 의사나 판검사 돼 봤자 남들이 우러러보는 것도 아닌 데다 돈벌이도 전만 못하지 오히려 극심한 스트레스에 시달린다는 사실을 이젠 대부분이 꿰고 있기 때문이다.

내가 아이들 키울 때만 해도 아이들이 공부 잘하면 선진국에 유학시켜 박사학위 취득 후 교수 시키는 것, 의사나 판검사 시키는 것이 부모들의 지상목표였다. 그래서 아이가 공부에 적성이 맞는 듯하다 싶으면 경쟁적으로 해외로 보냈다. 하지만 허리띠 졸라 가며 뒷받침했지만 그 애들이 취업할 무렵에는 상황이 완전히 바뀌어 버렸다. 기존에 인기 있던 분야의 교수는 일찌감치 포화상태라 문이 꽉 닫혔고 반면 새로운 분야들이 하루가 다르게 늘어나 전문인력을 끌어들였다.

아들이 프랑스에서 정치학 박사학위를 딴 어떤 친구는 자신의 아들은 10년째 시간강사를 전전하는데, 공부는 팽개치고 죽어라 하고 만화만 그려 대던 동생 아들은 하루아침에 쉽게 교수 자리를 얻었다며 한숨을 토해 냈다. 어디 만화뿐이랴. 언젠가부터 자동차 정비, 요리, 미용, 노래, 패션, 춤 등 소위 비인기 직종이나 딴따라 취급을 받던 이들이 갑자기 여러 대학에 관련학과 설치 붐이 일면서 대거 교수로 임용되는 추세이다. 앞날을 내다보지 못한 부모로선 땅을 칠 노릇일 것이다.

그런가 하면 의사나 판검사도 예전에 비해 수가 크게 늘어나면서 희소가치도 떨어졌을뿐더러 실질소득도 크게 줄어들었다. 큰돈을 들여 병원이나 변호사 사무실을 차려 봤자 치열한 경쟁 때문에 수익 내기가 점점 어려워져 빚만 안은 채 문을 닫는 경우도 점점 늘어나고 있다.

왕년이라면 공부만 잘해서 쉽게 얻었던 명예와 부가 춘삼월 봄바람에 눈 녹듯 사라지는 광경을 눈앞에서 보고 있는 젊은 부모들의 교육관이 위 세대와는 크게 달라지는 건 당연한 현상이다. 물론 내 아이가 워낙 공부를 좋아하고 또 남들보다 월등히 잘한다면 일부러 뜯어말릴 필요까지는 없겠지만 공부에 싹수가 안 보인다 싶은 아이는 미리미리 다른 길을 찾아 주는 것이 요즘 부모의 의무라는 사고의 대전환이 일어나는 중이다.

그래, 이제부터라도 성적이 아니라 적성에 신경 써야지, 심기일전 야심 차게 시대에 맞는 교육방침을 새로 세웠지만 이젠 전에 없던, 어쩌면 전보다 더 큰 걱정이 짓눌러 온다. 도대체 내 아이의 적성이 무언지 알 수가 없는 거다. 아이의 성적에 좌절하던 부모는 이제 아이의 적성 때문에 당황한다. 어떤 순간엔 모든 것에 뛰어난 것처럼 보이다가 어떤 순간엔 아무것도 제대로 할 줄 모르는 아이로 보인다.

일단은 민주적 부모의 자세로 아이 스스로에게서 답을 얻어 내려 한다. 네가 가장 하고 싶은 일이 뭐냐, 장차 뭐가 되고 싶으냐. 아이는 답이 너무 많거나 아니면 답이 하나도 없다. 피아니스트가 되고 싶다고 해서 가계가 쪼들리는데도 피아노 학원에 보냈는데 두 달도 채우지 못하고 그만두더니 이번에는 간호사가 꿈이란다. 부모는 마음속으로 간호사보다는 의사가 낫단다라고 말하고 싶었지만 아이의 의사를 존중해 주기로 한다. 간호사가 되기 위한 길을 열심히 찾아보고 있는데 또 금방 우주비행사가 되고 싶다고 말을 바꾼다. 나름 장시간의 인내심을 발휘하던 부모는 끝내 폭발하고 만다. 야, 이 바보야, 어떻게 된 애가 지가 하고 싶은 것도 모르니?

이제 부모가 나설 차례다. 모든 정보를 총동원하여 부모는 아이의 적성 찾기에 나선다. 적성검사는 물론이요, 선배엄마들의 경험담에서, 동서고금 국내외에서 성공한 사람들의 자서전도 샅샅이 훑어 팁을 뽑아낸다. 기초작업이 끝나면 즉시 적성 찾기 교육에 돌입한다. 뭐든지 먹어 봐야 맛을 아는 법이니까 가능한 한 뭐든지 배워 봐야 아이가 뭘 좋아하는지 골라낼 수 있잖는가. 수순은 당연히 학원 순례. 이른바 전방위 선행 체험학습이다.

계절이 바뀔 때마다, 그리고 순례하는 학원이 늘어날수록 부모의 조바심도 함께 늘어 간다. 성적으로 출세하긴 이미 포기했는데 적성 찾기에도 실패하는 건 아닐까, 혹시 너무 늦게 시작한 것이 아닐까, 내가 부모 자격이 없는 건 아닐까 등등 끌탕을 치다가 부모가 택하는 길은 뻔하다. 아이가 지가 뭘 좋아하는지 모르니까 부모 생각에 아이가 했으면 좋겠다는 걸 골라 밀어붙이는 것이다. 민주적 부모로 바뀌겠다는 야심찬 계획은 이리하여 단기간에 수포로 돌아간다.

사실 자신이 진정으로 하고 싶은 일이 뭔지 자신 있게 말할 수 있는 사람은 별로 없는 것 같다. 현실에 불만이 많은 어른들 대부분도 자신이 현재 하고 있는 일이 자신과 맞지 않는다는 건 알지만 그 일을 벗어나면 뭘 하겠냐는 질문에는 금방 대답이 나오지 않는다. 궁핍한 유년시절을 보냈던 내 또래야 어렸을 때부터 '적성이 밥 먹여 주냐?'는 말을 밥 먹듯 듣고 자란 세대라 그러려니 했는데 요즘 젊은 부모들을 만나도 '내 적성 살리면서 밥 먹고 산다'는 말을 듣기 어렵다. 그 부모였던 우리 세대가 자식들에게 원한 것은 오로지 공부 열심히 해서 남들에게 자랑할 만한 '사' 자 직업을 갖거나 탄탄한 대기업에 들어가 승진에 승진을 거듭하다 정년퇴직하는 것이었기 때문이다.

자신의 적성이 무언지 아직도 잘 모르는 부모들이 어린 자녀들의 적성을 제대로 짚어 내기 어려운 건 당연한 일이다. 다섯 살에 작곡을 했다는 모차르트처럼 일찌감치 천재성을 드러내는 아이들이 어디 흔한가. 우리는 아이가 어렸을 때 남보다 조금 먼저 걷거나 조금 빨리 말을 하기만 해도 우리 애가 천재인가 환호하는 서툰 부모들이었다가, 사소한 일에 남보다 조금만 뒤처진다 싶으면 우리 애가 나중에 루저로 사는 게 아닐까 가슴이 덜컥 내려앉는 어리석은 부모들이다.

모든 아이들은 자신만의 적성을 타고난다. 그 적성이 어느 순간에 어떤 곳에서 분명한 모습을 드러낼지는 아이들에 따라 다 다르다. 다섯 살에 나타날 수도 있고 스무 살, 마흔 살에 나타날 수도 있다. 아니 우리 대부분처럼 평생토록 자신의 적성을 모르거나 억누르며 살아갈 수도 있다. 그러니 아이가 열 살도 되기도 전에 왜 네가 하고 싶은 것도 모르냐고 다그치고 조바심치면서 아이들을 끌고 학원 순례를 다니며 이것저것 마구 시켜 보는 것은 아이를 위해서나 가계를 위해서도 잘못된 선택이다. 하기 싫은 걸 억지로 배우면 나중엔 배운다는 것 자체가 싫어진다는 걸 우리도 겪어 봐서 잘 알지 않는가. 더 심각한 문제는 부모에게 끊임없이 닦달을 받다 보면 정작 자기가 하고 싶은 게 뭔지 생각하고 싶지도 않게 된다는 사실이다.

아이의 속마음을 헤아리지 못한 채 아이의 적성 찾기에 피곤해진 부모는 '우리 애는 적성이 없어'라고 아예 아이를 무개성의 인간으로 정해 버리곤 다시 원래의 부모로 돌아간다. 적성이 없으니 이제부턴 다시 '성적이야'라며.

뭐니뭐니 해도 아이의 적성을 찾기 위한 가장 좋은 방법은 아이들이 온전히 자신을 드러낼 수 있는, 맘 편하게 놀 수 있는 시간을 많이 주는 것이다. 꽉 짜인 스케줄에 익숙한 부모들은 아이가 아무것도 배우지 않고 온종일 장난감을 갖고 놀거나 뒹굴뒹굴 하는 모습을 못 참는다. 이렇게 아무런 생각 없이 게을러터진 아이가 커서 뭘 할 수 있을까 속이 부글부글 끓는다. 하지만 뭐든지 무한정 하다 보면 결국 지치게 마련이다. 노는 것도 마찬가지다. 암만 놀아도 부모가 아무 잔소리도 안 하면 노는 것도 시큰둥해진다. 자연히 새로운 재밋거리를 찾아 머리를 굴리게 된다. 그러니 아이를 키운다는 건 결국 아이가 혼자 클 수 있도록 기다려 주는 것이고 그것은 곧 자기 자신을 되돌아보는 일이다.

기다려 주지 않는 부모보다 더 위험한 부모는 아이가 일찍부터 자신이 하고 싶은 일을 표현해도 그걸 인정하고 싶어 하지 않는 경우다. 얼마 전 강의가 끝난 후 심각한 표정으로 상담을 해 온 엄마가 있었다. 초등학교 6학년인 자기 아들이 요리를 배우고 싶어 한다는 것이다. 딸이면 혹시 몰라도 아들이 요리를 배우고 싶다니 정신이 좀 이상

기다려 주지 않는 부모보다 더 위험한 부모는
아이가 일찍부터 자신이 하고 싶은 일을 표현해도
그걸 인정하고 싶어 하지 않는 경우다.

한 게 아니냐고 걱정이었다. 난 속으로 요즘에도 이렇게 완고한 성역할 고정관념을 가진 여성이 있나 당혹스러웠지만 모든 사람이 나름대로 양보할 수 없는 원칙이 있잖는가. 나는 요리사가 앞으로 크게 각광받을 전문직이니 걱정 말고 밀어주라고 말했다. 그 엄마는 남자애가 요리를 좋아한다는 걸 이해할 수 없다면서도 요리사를 전문직으로 보는 사람도 있구나 싶은 마음에 조금은 안심이 되는 눈치였다.

어렸을 때부터 자기가 원하는 걸 분명하게 드러내는 아이를 둔 부모는 운이 좋은 거다. 원하는 것이 부모의 기대에 들어맞지 않는다고 무조건 찍어 누르는 우를 범하지 말아야 한다. 도대체 나는 얼마나 잘 살아왔으며 또 얼마나 자신만만하기에 아이의 선택에 이래라저래라 할 수 있는가. 부모는 그저 능력이 닿는 대로 성의껏 뒷바라지나 해주면 족하다.

| 친구 사귀기 |

아이가 나쁜 친구를 사귈까 봐 겁내지 마라

엄마들은 아이가 좋은 친구를 사귀기 바란다. 이때 좋은 친구라 함은 최소한 내 아이와 비슷한 수준이거나 조금이라도 나은 친구를 지칭한다. 또 수준이 비슷하다 함은 무엇보다 집안형편이 우선이요, 성적이 그 다음이고 아이의 됨됨이는 맨 마지막이다.

요즘은 대부분 아파트 단지 안에 있거나 아파트 근처에 있는 초등학교에 입학하기 때문에 집안형편이야 거기서 거기가 아니냐고 하는 이도 있겠지만 세상모르는 말씀이다. 대형평형과 소형평형에 사는 사람들 사이에는 만만치 않은 거리가 있게 마련이고, 또 같은 단지 안에 임대아파트라도 있는 경우엔 보이지 않고 무너지지 않는 담장을 쌓는 게 우리네 현실이다.

가까운 공립 초등학교를 외면하고 기를 쓰고 멀리 떨어진 사립 초등학교에 넣으려는 것도 결국은 어렸을 때부터 아이들에게 선택된 친구를 만들어 주려는 엄마들의 소망 때문이다. 기득권층의 끼리끼리 문화를 비판하면서도 한편으로는 그 네트워크를 너무나 선망해 왔기에 내 아이에게만큼은 무리를 해서라도 그 단맛을 꼭 맛보게 하고 싶은 것이다.

하긴 엄마들도 생활수준이나 학력 등 여러모로 비슷한 수준의 엄마들과 만나는 게 마음 편하다. 그렇지 않을 경우 자칫하면 무심코 내뱉은 말이 상대방의 자존심을 건드려 공연한 분란을 일으킬 소지가 있기 때문이다. 가계빚을 못 갚아 좌불안석인 엄마의 심정도 모르고 그 앞에서 해외여행이나 명품백 자랑을 한다면? 아니면 내가 대학 나왔으니 상대방도 대학은 나왔으려니 맘대로 추측하곤 어느 대학 나왔냐, 몇 학번이냐는 등 빗맞는 질문을 한다면? 나는 부지불식간에 남의 상처에 소금을 뿌리는 못된 여자가 되고 만다.

이렇게 불편한 상황에 빠지지 않으려면 따로 신원조회를 할 필요가 없는, 이미 잘 알고 있거나 신상정보가 금방 훤히 드러나는 엄마들과 교류를 트는 게 최선이다. 엄마들이 그렇게 폐쇄적으로 친구를 사귀어 왔기 때문에 아이들에게도 폐쇄적인 서클 안에서 좋은 친구를 골라 사귀기 원하는 것이다.

우리 어릴 때도 친구를 데리고 집에 가면 부모님은 먼저 '아버지 뭐 하시냐?'부터 물으셨다. 아버지 직업이 무엇이라는 대답에 따라 친구의 생활환경은 간단히 파악되었다. 하지만 그 당시 부모들은 아버지 직업이 하찮게 여겨진다는 이유만으로 친구 사이를 갈라놓진 않았다. 오히려 형편이 어려운 친구에게는 학용품이나 간식을 나눠 주라고, 그것도 절대로 친구의 자존심을 건드리지 말아야 한다고 신신당부하셨다.

내가 젊었을 때 10년 이상 아이들을 키웠던 동네는 어마어마한 규모를 자랑하는 신생 아파트 단지였다. 다행히도 4천 세대나 되는 아파트가 모두 비슷한 평수였다. 또 우리 경제가 가난을 막 벗어나던 시대라 명품이 따로 없었고 가구나 인테리어를 비롯한 살림살이가 모두 비슷비슷했다. 덕분에 아이들의 친구들에 대해 쓸데없는 신경을 쓰지 않아도 되었다.

비슷한 시기 부유층이 모여 산다고 소문난 강남의 모 아파트 단지에서 평수가 가장 작은 30평대에 살던 한 친구는 자기네는 달동네에 산다고 쓴웃음을 지었다. 학교에서 빈곤층에게 나누어 주는 무료 교과서를 자기 아이가 받아 왔다는 것이다.

재산규모나 수입명세서를 따지고 들면야 그 안에 적지 않은 편차가 있겠지만 적어도 겉으로는 평준화된 형편의 친구들하고 놀 수밖에 없었던 우리 아이들이 자기보다 가난한 사람이 있다는 사실을 깨닫게 된 건 대학에 들어가서였다. 고작 몇십 명에 불과한, 전국에서 모여든 같은 과 친구들의 생활환경은 상상을 초월할 만큼 차이가 많았다고 했다. 20년도 더 된 이야기이다. 요즘은 어떤지 모르겠다.

어렸을 땐 엄마 말 잘 듣고 순진하기만 했던 아이가 사춘기에 들어

가면서부터 슬슬 달라져 가면 엄마는 대뜸 아이가 친구를 잘못 사귀었기 때문이라고 단정한다. 사춘기의 특성을 이해하려거나 일방통행적인 엄마의 육아법에 대해 반성하려는 노력은 시도조차 하지 않는다. 무조건 엄마가 잠시 방심한 사이 나쁜 친구들이 접근해 순진한 아이에게 물을 들였다고 원망하기 바쁘다. 친구관계라는 것이 어느 한쪽에서 마음만 먹으면 저절로 이루어진다고 착각하는 것이다.

엄마가 나쁘다고 지칭하는 그 친구들은 어떤 아이들인가. 생활형편이 어려운 아이, 공부 못하는 아이, 편부 편모의 아이, 조손가정의 아이, 그리고 맞벌이 부모의 아이다. 엄마가 생각하기에 한마디로 '정상적인 가정'의 아이가 아니다. 그런 아이들은 대개 심성이 비뚤어졌거나 공부에 취미가 없거나 예의가 바르지 않거나 폭력적인 성향이 있다는 게 엄마들의 생각이다. 그런 친구들을 아예 만나지 못하도록 어렸을 때부터 열심히 방패막을 쌓아 보지만 우리 사회의 변화가 워낙 빠르기 때문에 만남을 원천봉쇄하기는 불가능하다고 엄마들은 볼멘소리를 한다.

얼마 전까지만 해도 비슷한 규모의 아파트에 살면 형편이 대충 비슷하다고 봐도 틀리지 않았지만 경제불황이 장기화되면서 상황이 달라졌다. 한창 일할 나이에 직장을 잃었거나 창업을 했다가 돈만 까먹고 폐업한 가정이 급속히 늘어났기 때문이다. 그런 가정에서는 부부싸움도 잦다 보니 아이를 제대로 돌볼 여유가 없을 테고 아이는 우울한 집안 분위기가 싫어 바깥으로 나돌게 된다. 그러다 보면 가출도 하게 되고 용돈을 벌기 위해 나쁜 짓에도 손댈 것이다. 순진한 내 아이가 그런 친구를 사귀면 금방 물이 들 게 뻔하지 않냐는 게 엄마들의 걱정이다.

엄마들 생각으로는 편부 편모 가정의 아이도 마찬가지다. 사별을 했건 이혼을 했건 한부모 밑에서 큰 아이들은 비행을 저지를 확률이 높을 거라고 제멋대로 추측한다. 이런 편견이 힘겨운 여건에서도 최선을 다해 가정을 꾸려 나가는 수많은 한부모들을 얼마나 좌절시키는지에 대해선 아무런 관심이나 배려가 없다. 하물며 조손가정의 아이들에 대한 편견은 또 어떤가.

사회적 약자라고 할 이런 가정의 아이들에 대해서 엄마들이 애정으로 보듬는 대신 멸시와 값싼 동정을 보내면서 자기 아이들로부터 떼어 놓으려는 사회에선 최근 점점 심각해지고 있는 학교에서의 왕따나 폭력문제가 좀처럼 해결될 수 없다. 왕따와 폭력은 교실의 문제가 아니라 우리 사회 전체의 문제이며 철없는 아이들의 문제가 아니라 미성숙한 어른들의 문제다. 그들은 이런 가정의 아이들이 훨씬 더 빨리 철이 들고 훨씬 더 빨리 자립심을 키운다는 긍정적인 면은 인정하지 않는다. 아니 인정하지 않는 것이 아니라 그런 사실을 알지도 못한다.

그리고 너무 황당해서 우스꽝스럽기까지 한 이야기가 들려오기도 한다. 자기 아이들을 워킹맘의 아이와 사귀지 못하게 막는 엄마들이 예상 외로 많다는 사실이다. 저임금 직종이나 자영업에 종사하는 워킹맘 아이만 멀리하는 것이 아니다. 여성들이 선망하는 전문직종에 종사하는 워킹맘의 아이도 예외가 아니다. 왜냐하면 워킹맘의 아이들은 엄마의 감시가 소홀한 틈을 타서 게임을 하는 시간이 많고 따라서 게임중독에 빠질 경향이 있으며 또 어릴 때부터 야동을 접할 기회도 많다는 것이다. 또 아무래도 집에 혼자 있는 시간이 길기 때문에 친구들을 데려와 함께 놀고 싶어 할 테고, 어른 없는 집에 또래가 모여 있으니 당연히 나쁜 짓을 할 가능성이 높다는 것이 엄마들 걱정이다.

하지만 진짜 엄마들이 걱정해야 할 것은 엄마들이 어렸을 때부터 아이의 친구 사귀기에 일일이 간섭해서 결국 엄마가 골라 주는 친구와만 사귀도록 강요하면 나중에 어른이 되어서도 스스로 친구를 사귀는 능력 자체를 잃어버리게 된다는 점이다. 아니 친구만이 아니라 다양한 인간 간의 관계 맺기에 실패하게 된다. 마음은 가까워지고 싶은데 혹시 잘못되지나 않을까 하는 두려움 때문에 어느 거리 이상 다가가지 못한다. 더 심각한 것은 사람을 볼 줄 모르는 인간이 되고 만다는 것이다.

이런 사람들은 결혼상대를 고를 때도 자신은 물러서고 엄마를 앞세운다. 엄마가 좋아하는 이성과 결혼하겠다는 여성이나 남성을 효녀 효자라고 부르는 사람도 있는 모양인데 넌센스다. 그들은 효자 효녀가 아니라 그저 미성숙한 인간일 뿐이다. 이런 사람들은 나중에 부부 간에 갈등이 생겨도 스스로 해결하지 못하고 휴대전화로 엄마부터 부른다. 금쪽같은 내 자식이 결혼한 후에도 엄마만 믿어 줘서 흡족한가.

내 아이가 나쁜 친구를 사귈까 봐 겁내지 마라. 친구를 보면 그 사람을 안다는 말은 어른에게만 해당되는 말이 아니다. 나쁜 친구란 없다. 친구를 나쁘다고 욕하는 건 곧 내 아이가 나쁜 아이라고 고백하는 것이다.

| 창의성 기르기 |

창의력은 학원에서 길러지지 않는다

"요즘 대학생들은 시키는 것만 해. 리포트도 주제를 꼭 집어 줘야지, 자유롭게 쓰라고 하면 난리가 나."

30년 전, 대학에서 가르치는 친구들의 한결같은 한탄이었다.

요즘도 마찬가지인가 보다. 아니 오히려 더 심해졌나 보다. 얼마 전 대기업 입사논술시험을 채점한 한 언론인은 깜짝 놀랐던 경험을 칼럼에 털어놓았다. 논술형 주제 한 개와 자유 에세이 주제 두 개를 제시했는데 스펙을 빵빵하게 갖춘 엘리트 지원자들이 전원 논술형 주제를 선택했다는 것이다. 틀에 박힌 문제에 틀에 박힌 답을 쓰는 데 숙달되었기 때문이란다. 이런 젊은이들이라면 입사 후에도 창의적인 아이디어를 기대하는 것 자체가 무리라는 게 그 언론인의 서글픈 예상이었다.

21세기에 들어서니 앞으로는 창의성이 밥 먹여 주는 시대, 학력보다 창의력이 높은 아이가 성공하는 시대라고 모두들 목청을 높인다. 그러므로 학교에서도 주입식 교육이 아니라 자율성을 키워 주어야 하며, 부모도 아이의 성적에 목매지 말고 적성을 살려 줘야 미래에 대비할 수 있다는 데 사회적 공감대가 형성되는 듯하다.

그러나 솔직히 대부분의 부모는 자신의 아이를 창의적으로 키우는 것에 대해 적지 않은 거부감을 느끼는 게 현실이고 아울러 어떻게 해야 아이를 창의적으로 키울 수 있을지에 대해서도 전혀 감을 잡지 못하고 있다.

말이 멋있어 창의적이지, 쉽게 말하면 남이 하지 못하는 생각을 하고, 남이 하지 않는 짓을 하는, 한마디로 튀는 아이로 키운다는 뜻 아닌가. 지금 50대 이상은 '모난 돌 정 맞는다'는 말을 귀에 못이 박이도록 듣고 자란 세대다. 민주화 투쟁의 한가운데서 학창시절을 보낸 사람들도 그 부모로부터 '꼭 데모를 해야겠다면 맨 앞에 나서지도 말고 맨 뒤에 처지지도 말고 그저 한가운데 서라'는 당부를 듣고 살았다.

비교적 자유방임으로 큰 나도 내 아이가 남과 다르게 행동하면 기특한 게 아니라 가슴이 철렁했던 평범한 엄마였다. 큰애가 유치원을 다닐 때 미술전시회를 한다고 해서 모처럼 가 본 적이 있었다. 다른 아이들은 배경을 크레파스로 꼼꼼하게 채웠는데 큰애의 그림에는 배경에 아무런 색이 없었다. 그저 까맣게 눈사람의 윤곽만 그려져 있었다. 다른 아이들 작품은 완성작인데 큰애 작품만 미완성으로 보였다.

큰애에게 왜 배경을 칠하지 않았느냐고 물으니 온 세상이 하얀 눈으로 덮여 있는데 왜 다른 색깔을 칠하냐는 거였다. 나는 담임선생님께 황급히 변명을 늘어놓았다. 애가 워낙 게을러서 배경색칠을 안 한 것 같노라고. 선생님은 웃으며 "보세요, 이 많은 그림 중에 딱 눈에 띄잖아요. 얼마나 창의적이에요"라고 했는데 내 귀에는 그저 부족한 자녀를 창피해하는 학부모에 대한 위로의 말씀으로밖에 안 들렸다.

그러던 내가 언젠가부터 세 아이들을 다 창의성이 뛰어나게 키웠다는 칭찬을 받고 있으니 과분하고 민망하다. 혹시 청문회에라도 나가게 되면 투자도 없이 불로소득 했는데 왜 세금을 내지 않았느냐고 의원님들로부터 호통을 들을 것만 같다. 아니, 그보다도 틀에 박힌 데다 무심한 엄마 밑에서 자랐는데도 나름대로 창의성을 발휘하는 직업을 갖고 밥 먹고 사는 아이들에게 진심으로 고맙고 미안하다.

이런 주제니 젊은 엄마들로부터 어떻게 해야 아이들을 창의적으로 키울 수 있느냐는 질문을 받을 때마다 딱히 해 줄 수 있는 말이 있을 리 없다. 고작해야 '미안하지만 나도 잘 모르겠다. 다만 남에게 해를 끼치는 짓만 아니면 아이들이 무슨 짓을 해도 말리지 않는 게 좋지 않을까. 칭찬을 아끼지 않으면 금상첨화이고'라는 미적지근한 조언에 그칠 수밖에.

여기에 꼭 덧붙이고 싶은 말이 있다. 창의성을 키워 줘야 한다는 새로운 조바심에 쫓겨 가뜩이나 바쁜 학원 순례 위에 또 다른 학원을 보태지는 말았으면 좋겠다는 생각이다. 창의성이 화두가 되니까 순발력 있게 즉각 출현한 게 창의력 학원들이다. 창의력을 어떻게 키워야 할지 막막한 엄마들의 불안을 노린 상술이다. 거기 말려들지 말라는 거다.

도대체 나이가 엇비슷하다는 것 외엔 공통점이라곤 찾을 수 없는 여러 명의 아이들을 좁은 방에 몰아넣고 정해진 시간 안에 강사 몇 명이 어떻게 각각의 창의력을 키워 줄 수 있단 말인가. 상식적으로 생각해도 납득이 안 된다. 창의력 지수를 평가한다며 똑같은 과제를 내주고 획일적인 잣대로 순위를 매김으로써 공연히 아이들에게 새로운 열등감이나 더해 줄 게 뻔하다.

예로부터 뛰어난 창의성으로 이름난 사람들의 삶을 살펴보면 창의력의 원천은 호기심과 자신감이 아닌가 싶다. 그들은 일단 새로운 것에 대한 호기심이 많고 또 놀라우리 만큼 주위의 시선에 무덤덤하다. 또한 수없이 실패를 거듭하더라도, 남들이 뭐라고 폄하해도 스스로는 자기 자신에 대한 믿음을 버리지 않는다. 그리고 이러한 자신감은 바로 자신이 하고 싶은 일을 스스로 선택했다는 즐거움과 자부심에서 나온다.

이른바 모범생으로 살아온 사람들에게선 창의성을 찾아보기 어렵다. 시키는 일은 잘하지만 자기만의 아이디어를 내놓지 못한다. 과거에는 이런 사람들이 부모나 교사의 사랑을 독차지했다. 사회에 나가서도 마찬가지였다. 타율적인 사람은 순종적인 사람이고 착한 사람이기 때문이었다.

창의력의 원천은 호기심과 자신감이다.
자신이 하고 싶은 일을 스스로 선택했다는 즐거움과
자부심에서 자신감이 나온다.

하지만 세상은 더 이상 순종적이고 타율적인 사람을 필요로 하지 않는다. 물량이 아니라 아이디어가 승부를 가르는 시대로 성큼 들어섰기 때문이다. 이제 사회는 글로벌한 무한 경쟁 체제에서 사람들을 먹여 살릴 수 있는 새로운 아이템을 개발할 창의적인 인재를 요구하고 있다.

뭐 그렇게 거창하게 국가나 사회를 들먹거릴 것도 없이, 백세시대에 끝까지 행복하게 삶을 끌고 가기 위해서라도 개개인에게 창의성이 더더욱 필요한 때다. 창의성이 있어야 일상도 창의적으로 설계해서 재미있게 살아갈 수 있기 때문이다.

우리 집에는 변변한 장난감이 별로 없다. 손주들을 위한 장난감을 별도로 사 놓지 않았기 때문이다. 그런데도 손주들은 모이기만 하면 그 몇 안 되는 장난감들을 갖고도 무궁무진한 놀이를 만들어 낸다. 하루 열 시간 이상을 놀면서도 지칠 줄 모른다. 그림 그리겠다고 해서 이면지를 주면 그 다음엔 책을 만들겠다며 스테이플러로 찍어 달랜다. 저희들끼리 역할을 정해서 역할놀이 할 때는 순식간에 뛰어난 배우들로 변신한다. 아이들이 노는 모습을 가만히 보고 있으면 어떻게 조그만 머릿속에 저런 깜찍한 생각들이 숨어 있는지 신기할 때가 많다. 손주들 자랑을 하자는 이야기가 아니라 모든 아이들은 태어날 때부터 창의성을 타고난다는 말이다.

그러나 일단 학교라는 곳에 발을 들여놓는 순간부터 아이들이 갖고 있던 창의성은 급격히 시들어 간다. 오랫동안 지속된 입시 위주의 교육은 창의적인 아이를 반기기는커녕 문제시하기 때문이다. 교사의 가르침에 '왜?'라는 질문을 자주 하는 아이는 진도를 지체시키는 훼방꾼 취급을 당한다. 정해진 답 대신 자기만의 답을 내놓는 학생은 창의적인 아이가 아니라 지진아일 뿐이다. 아이는 점점 자기 자신 속의 호기심과 창의성을 억누름으로써 사회에 '조화롭게 통합'되어 간다. 우린 그렇게 살아왔고 그렇게 아이를 키워 왔다.

이렇게 커서 부모가 된 이들이 아이를 창의적으로 키우라는 시대의 주문을 받으니 당황할 수밖에 없다. 그래서 남들 하는 대로 아이의 창의력을 키워 주기 위한 학원을 찾아 나서는 것이다. 왜냐하면 아무리 생각해도 자신은 창의력이 결핍된 인간인 것 같아서다.

하지만 자학은 금물이다. 누구나 창의력을 갖고 태어난다. 어린 시절을 돌이켜 보라. 지금보다 물질적으로 훨씬 부족했던 그때 지금처럼 화려하고 정교한 장난감이 없어서 하루를 지루하게 보낸 적이 있었던가. 백 원짜리 조악한 플라스틱으로도 얼마든지 재미있는 놀이를 만들어 내지 않았던가.

내 아이의 창의성을 길러 주기 위해서 부모가 할 일은 아이의 호기심을 엉뚱한 생각 말라며 묵살하지 말고 아이에게 시간의 족쇄를 채우지 말며, 될 수 있는 한 아무 과제도 없이 그저 자유롭게 놀 시간을 허하는 일뿐이다.

| 왕따 문제 |

내 아이도 언제든 가해자가 될 수 있다

"요즘 애들 너무 무서워. 툭하면 왕따에 툭하면 폭력이니. 자살하는 애들은 왜 그리 많아, 그 엄마는 어떻게 살라고."

갈수록 엄마들 걱정이 늘어난다. 아이 맡기기에서부터 시작된 걱정은 금방 공부걱정으로 이어지고 빈발하는 아동대상범죄로 늘 가슴이 조마조마한데 무사히 교실까지 들어갔다고 해서 마음을 놓을 수도 없다. 잊을 만하면 교실 안에서의 왕따와 폭력으로 인한 아이들의 자살뉴스를 접해야 하니 부모됨의 무거움에 '무자식 상팔자'라는 탄식이 절로 나온다.

나 어렸을 때도 아이들이 모두 천사 같기만 한 건 아니었다. 같은 반 아이들끼리 모두 사이좋게 지낸 것만도 아니었다. 그때도 친한 애들끼리만 삼삼오오 몰려다니면서 수다 떨고 개구리 잡고 숙제도 같이했다. 어쩌다 다른 아이가 끼어들라치면 요런저런 핑계를 꾸며 대며 밀어냈다. 그래도 요즘 아이들처럼 노골적으로 '너 싫어!'라는 말은 하지 않았다. 아무리 상대가 달갑지 않아도 최소한의 인간에 대한 예의는 지킨 것이다.

그런데 요즘 아이들은 어린 나이에 그 해말간 얼굴로 어떻게 그토록 상대방을 무시하는 말을 거침없이 할 수 있는지. 게다가 자기 마음에 안 들면 다른 아이들에게까지 왕따에 동참하도록 꼬드기는 그 사악함이라니. 너도나도 스마트폰을 쓰면서부터는 상대가 보고 있는 줄 뻔히 알면서도 카톡으로 다른 애들과 온갖 뒷담화에 욕을 퍼붓는 잔인한 아이들이 많단다.

마음에 안 드는 이유는 백만 가지도 넘는다. 못생겼다, 냄새난다, 건방지다, 공부만 한다 등등 이유 같지 않은 이유로 누구든 왕따의 대상으로 찍힐 수 있다. 단순히 같이 안 놀아 주는 차원도 아니다. 언어폭력은 말할 것도 없고 온갖 종류의 신체적 폭력을 가한다. 심지어 성적 희롱도 마다 않는다. 물건을 빼앗고 돈을 갈취하는 경우도 다반사다. 다정한 척 집에 놀러 와서는 집안물건을 훔쳐 가기도 한다. 이쯤 되면 조직폭력배가 따로 없다.

우리 때도 반아이 전체의 미움을 받는 '공공의 적'이 항상 한 명씩은 있었다. 흔히 추측하듯 공부를 못하거나 집안이 가난하거나 몸이 불편한 아이는 아니었다. 물론 그런 아이들을 놀려 댈 때도 가끔은 있었지만 맘속 깊이 그들을 미워할 만큼 잔인하지는 않았다.

공공의 적으로 떠오르는 아이는 대개는 지나치게 잘난 척하거나 선생님이 편애하는 아이였다. 아이들은 선생님의 편애가 그 아이 엄마의 치맛바람에서 나온다는 걸 직감적으로 알고 있었다. 그래서 그 애를 시기하거나 선망해서 왕따를 시키는 게 아니라 어린 마음에도 무언가 부당하다는 느낌, 즉 일종의 공분을 느꼈던 것이다. 사실은 그 애보다 그 애 엄마와 선생님에 대한 미움이 더 컸는지도 모른다. 하지만 당사자는 대개 우월감이 강한 아이들이었기 때문에 다른 아이들의 시선쯤은 아랑곳하지 않았다. 다른 아이들도 속으로만 미워했지 신체적으로 해코지할 엄두는 내지 못했다.

신체적인 폭력을 쓰거나 금품을 갈취하는 짓은 '깡패'나 하는 짓으로 알았다. 예전에는 어느 학교나 누가 봐도 한눈에 불량스럽게 보이는 아이들, 깡패는 따로 있었으니까. 내 아이 바로 옆자리에 앉아서 공부하고 간혹 집에도 같이 놀러 오는, 평범하게만 보이던 내 아이 친구가 지속적으로 내 아이를 괴롭혀 왔다는 걸, 견디다 못한 아이가 자살하면서 써 놓은 유서에서 뒤늦게 발견한 부모의 심정은 얼마나 참담할까.

요즘 부모들이 학교폭력문제에 신경을 곤두세우는 이유는 괴롭히는 아이와 괴롭힘을 당하는 아이 사이에 겉으로 아무런 구분이 없다는 데 있다. 내 아이가 죽음으로 말할 때까지, 그리고 내 아이가 한 아이를 죽음으로 몰아넣을 때까지 대부분의 부모들은 까맣게 모르기 일쑤이다. 비극적인 사건이 일어나고서야 부모는 착하기만 했던 내 아이가 왜 피지도 못하고 죽어야 했느냐는 분노와, 내 아이를 죽음으로 몬 아이와 교사 그리고 학교에 대한 원망, 또 내 아이가 죽을 만큼 괴로워할 동안 부모로서 아무것도 해 주지 못했다는 회한에 몸부림친다.

또 다른 부모는 평소의 행동에서 뚜렷한 문제를 발견할 수 없었던 '착한' 내 아이가 다른 아이를 지속적으로 괴롭혀 왔다는 사실에 대한 경악, 그리고 그런 낌새를 조금도 눈치채지 못했다는 데 대한 후회로 괴로워한다. 더 나아가 이 사건이 아이의 장래에 미칠 영향을 상상하고 절망에 빠진다.

부모들의 걱정이 점점 더 커 가는 또 다른 이유는 폭력을 쓰는 아이들의 연령이 나날이 낮아져 이젠 초등학교 교실에서까지 폭력사건이 드물지 않기 때문이다. 정말 믿고 싶지 않은 이야기이지만 한 유치원 교사의 말에 따르면 유치원에서도 비슷한 일이 벌어지고 있다니 입이 다물어지지 않는다.

더욱 충격적인 사실은 왕따나 폭력이 대부분 아무런 죄의식 없이 이루어진다는 점이다. 친구를 자살로 몰 만큼 끈질기게 괴롭혀 댄 중학생들도 '그저 재미 삼아' 그랬을 뿐인데 친구가 오버하는 바람에 자기가 흉악범 취급을 받는다며 오히려 억울함을 호소한다. 자기 자식을 구해 내기 위한 모성의 발로이겠지만 가해학생의 부모도 피해학생이 친구끼리의 장난을 너무 민감하게 받아들여서 문제를 키웠다는 식으로 강변할 때가 많다. 백배사죄를 받아도 시원치 않을 판에 적반

하장식의 변명을 늘어놓으니 피해학생 부모의 심정은 오죽하랴.

왕따와 폭력이 왜 이렇게 어려지고 늘어나는가에 대해선 누구나 잘 알고 있다. 정부나 학자나 부모들 모두가 경쟁위주의 교육풍토, 인성교육의 실종, 매스미디어의 영향, 사회전반의 폭력성 등을 주범으로 꼽는다. 거기에 강력한 처벌의 부재를 덧붙이기도 한다. 진단은 맞다. 그러나 원인을 알고 있다고 해서 당장 해결될 수 있는 문제가 아니라는 것도 잘 알고 있기에 부모들의 가슴은 오늘도 타들어 간다.

부모들은 교사가 조금만 관심을 기울여도 상황이 훨씬 좋아질 거라고 불만을 터뜨리지만 교사들은 그들대로 할 말이 많다. 요즘 아이들이 교사를 얼마나 우습게 보는지 아느냐, 심지어는 조용히 하라고 했다고 교사를 때리는 아이들도 드물지 않다면서 무력감을 호소한다. 그들은 어렸을 때 부모가 인성교육을 제대로 시키지 않고 모든 것을 교사에게 돌리는 건 부당하다고 항변한다.

그렇다. 부모가 가장 중요하다. 부모들은 언제까지 정부와 사회풍토와 학교를 원망하면서 불안에 떨기만 할 건가. 내 아이는 지금 이 시간에도 정글 같은 교실에서 쉼 없이 자라나고 있다. 아이를 학교에 보낼 수밖에 없는 부모로서는 당장 사회를 바꿀 수는 없더라도 적어도 내 아이가 폭력의 가해자나 피해자는 되지 않도록 부모로서 해야 할 일을 찾아서 해야 한다.

착하게만 보이는 내 아이가 언제든 가해자가 될 수 있다는 사실을 받아들이고 아주 어렸을 때부터 사람답게 사는 것이 가장 중요하다

언제까지 정부와 사회풍토와 학교를 원망하면서
불안에 떨기만 할 건가.
당장 사회를 바꿀 수는 없더라도 적어도
내 아이가 폭력의 가해자나 피해자는 되지 않도록
부모로서 해야 할 일을 찾아서 해야 한다.

는 것, 그리고 인간에 대한 존중과 예의, 배려를 가르쳐야 한다. 아니 말보다도 부모부터 모범을 보여야 한다. 아이들 있는 데서 마구 욕하는 것, 흉보는 것, 싸우는 것, 물건을 집어던지는 것 등의 폭력적 행동을 하지 말아야 한다. 아이들에게 내가 아프면 남도 아프고, 내가 소중하면 남도 소중하다는 생각을 깊이 심어 주기 위해서 불우한 이웃을 위해 함께 봉사활동을 할 수 있다면 금상첨화다.

하루 종일 책상 앞에 쭈그리고 앉아 퍼 주는 지식을 꾸역꾸역 받아먹다 보면 스트레스가 쌓이고 짜증이 나 때로는 폭발시키고 싶은 충동이 생길 수도 있다는 걸 이해해 주고 그 충동을 다른 아이한테 푸는 대신 건강하게 발산하는 방법을 함께 찾아보는 노력을 해야 한다. 함께 공을 차거나 줄넘기를 하는 등의 운동도 좋고 연극이나 영화, 음악회에 다니는 것도 좋을 것이다. 그 시간에 영어단어 하나라도 더 외우고 수학 한 문제라도 더 풀어야 한다고? 인성교육은 대학에 들어가서 해도 늦지 않는다고? 부모가 바로 그렇게 생각해 왔기에 학교폭력이 이 지경까지 이른 것이다. 학교에서 체육시간을 늘렸더니 곧바로 항의전화를 하는 부모들이 있다는 어느 교사의 말에 가슴이 답답해진다.

피해자가 되지 않기 위해서는 항상 자신의 의사를 분명하게 표현하는 습관을 길러 주어야 한다. 사람의 심리는 묘해서 굴종하는 상대에 대해서는 점점 더 멸시하게 된다. 부당한 요구에 대해서 싫다고 딱 부러지게 말하면 당장은 더 화를 내고 폭력을 휘두르지만 속으로는 두려움이 일게 마련이다.

학교폭력으로 자녀를 잃은 한 엄마는 생전에 아이한테 '착하게 살아라'고만 당부했지 만약 부당한 일을 당했을 땐 당당하게 맞서야 한다고 가르치지 않았던 자신을 한동안 용서할 수 없었다고 했다.

폭력으로 자살한 아이들은 대개 내성적인 성격의 소유자들이며 평소 '착해도 너무 착하다'는 공통점이 있다. 너무 착하기 때문에 부모에게조차 사실을 이야기할 수 없었다. 부모들까지 슬퍼할까 봐서였다. 그래서 자기 혼자 짐을 지고 가기로 결심하는 것이다. 부모에게 훨씬 더 큰 짐을 지운 채.

아이들이 죽음을 결심하기 전에 부모에게 몽땅 털어놓았다면 얼마나 좋았을까. 자기가 생각했던 '세상의 끝'이 끝이 아니라는 걸, 부모는 언제나 아이의 아픔을 나눌 자세가 되어 있다는 걸 알았다면. 부모는 늘 아이들한테 '나는 항상 네 편이다'는 믿음을 주도록 노력해야 한다. 아이가 무슨 말을 하더라도 핀잔주지 말고 귀 기울이고 공감을 표해야 한다. 학교에 가기 싫어하는 낌새가 보이면 '학생이 학교엔 가야지'라며 억지로 등을 밀지 말아야 한다. 꾀병을 부리는 것 같아도 믿어 주어야 한다. 그깟 학교 며칠 좀 빠지면 어떤가. 쉬면서 대화를 나누다 보면 아이가 왜 학교 가기 싫어하는지 알 수 있다.

학교에 대한 작은 불평이나 불만에 대해서도 '학교는 다 그런 거야'는 식으로 대범한 척 넘기지 말아야 한다. 나한테 문제가 되지 않았다고 해서 아이한테 문제가 되지 않는 것은 아니다. 아이와 나는 다르다는 걸 인정해야 한다.

마지막으로, 내 아이는 가해자도 피해자도 되지 말아야 하지만 동시에 방관자가 되어서도 안 된다. 많은 부모들이 아이들에게 '싸움에 끼어들지 말라'고 가르치는데 학교폭력은 싸움이 아니다. 일방적인 괴롭힘이며 인격에 대한 모독이다. 섣불리 나섰다가 내 아이가 당하면 어떻게 하냐고? 적어도 교사나 신고기관에 알릴 수는 있잖는가. 휴대전화는 다들 있으니.

| 아동성범죄 |

내 아이를 범죄로부터 지킨다는 것

엄마들은 걱정이 많다. 어떻게 해야 아이가 공부 잘하게 만들어 좋은 학교에 보낼 수 있을지도 걱정이지만 어찌 보면 그건 비교적 한가로운 걱정일지 모르겠다. 그보다 더 큰 걱정은 당장의 안전이다. 아이의 생명을 위협하는 끔찍한 사건들이 하루가 멀다 하고 일어나기 때문이다. 이렇게 위태로운 세상에서 아이가 하루하루 무사하게 지낸다는 게 기적처럼 느껴질 때가 많다.

학교 바로 앞길인데도 클랙슨을 빵빵거리며 마구 달리는 자동차들, 몰려다니며 재잘거리는 아이들 사이를 헤집고 곡예운전을 하는 많고 많은 오토바이들, 돈만 밝히는 어른들이 저질의 식재료로 만든 급식으로 인한 식중독의 위험도 항상 걱정이지만, 가장 겁나는 건 나쁜 어른들이 도처에서 호시탐탐 아이들을 해치려고 노리고 있다는 사실이다.

내가 아이 키울 때도 아이 상대의 범죄가 아주 없었던 건 아니었다. 몇 년에 한 번씩 아이를 납치해 돈을 요구하고 끝내는 죽여 버리는 사건이 일어나 온 국민을 분노와 충격에 빠뜨리곤 했다. 범행동기는 대부분 돈이었고, 사람들은 어쩌다 세상이 돈 때문에 어린 생명을 무참히 빼앗아 가는 세상이 되었냐며 탄식을 금치 못했다. 범죄를 예방하기 위해선 급격히 무너진 공동체 의식을 회복하고 물질보다 정신에 더 가치를 두었던 전통문화를 되찾아야 한다는 전문가들의 공허한 처방이 반복되었지만, 세상은 나날이 더 각박해져 갔고 범죄는 더 악랄해져만 갔다. 우리가 사는 세상은 계속 그렇게 나빠져 갔다.

요즘 엄마들을 두려움에 떨게 만드는 가장 악랄한 범죄는 아동성폭행이다. 우리의 뇌리에 생생하게 각인된 이름들, 혜진이나 예슬이나 나영이는 모두 어린 소녀들이었다. 어떤 소녀들은 피지도 못하고 생명을 접어야 했고 어떤 소녀들은 용케 살아남았으나 몸과 마음에 깊은 상처를 입었다.

매스컴에 대대적으로 보도되지 않아서 그렇지 아동성폭행은 드러나지 않은 사건이 훨씬 많다는 사실을 이젠 모르는 사람이 없을 정도로 거의 일상화되다시피 했다. 범인은 낯선 사람보다 낯익은 사람이 훨씬 많았다. 나이도 한계가 없다. 믿었던 가족, 믿었던 이웃, 믿었던 경비아저씨까지 어린아이들을 무자비하게 짓밟는다. 소녀만 당하는 것도 아니다. 소년들도 마음 놓을 수 없다. 딸 키우는 엄마만이 아니라 아들 키우는 엄마도 걱정이 크다.

아동성폭력을 비롯한 각종 성범죄가 만연한 데는 그동안 우리 사회가 성범죄에 대해선 지나치게 관대한 처벌을 해 온 관행에도 큰 원인이 있다. 세상을 충격에 빠뜨릴 정도로 악랄한 범죄가 드러날 때마다 너나없이 '그런 X는 극형에 처해야 한다'며 흥분했지만 실제로 가해자에 대한 처벌은 솜방망이 수준이었고 사람들은 사건을 금방 잊어버리기 일쑤였다. 성범죄 말고도 워낙 충격적인 사건이 다반사로 일어나는 사회라 사람들도 무감각해져 버린 탓일 게다.

그나마 최근 아동성폭행이 빈발하여 여론이 비등하자 가해자에 대한 강도 높은 처벌이 법제화되어야 한다는 데 공감대가 형성되어 다행이다. 일각에서는 가해자의 인권도 존중되어야 한다고 주장하는 데 반해 대부분의 부모들은 강경한 입장이다. 마음 같아서는 그들을 영원히 격리시켜 주었으면 바랄 게 없다고 한다. 내 주위의 엄마들은 나이가 많건 적건 아동성폭행범은 무조건 궁형에 처해야 한다고 강력히 주장한다. 그들은 '한번 성범죄자는 영원한 성범죄자'라고 굳게 믿고 있다. 통계에 따르면 실제로 성범죄자는 재범을 저지를 확률이 상당히 높다.

재범을 방지하기 위한 시스템도 늦게나마 가동되고 있다. 재범 위험성이 있는 아동성폭행범에 대해서는 소위 전자발찌(위치추적 전자장치)를 부착해서 그들의 행적을 추적 확인하는가 하면, 소아성기호증 같은 정신 장애를 가진 성폭력범은 형 집행 후에도 일정기간 계속 수

용하면서 주기적으로 재범의 위험성을 심사해 석방여부를 결정하는 법도 시행되고 있는 중이다.

아동성범죄에 대한 별도의 처벌조항조차 따로 없었던 과거에 비하면 법과 시스템이 대폭 갖추어진 셈이긴 하지만 엄마들은 여전히 마음이 불안하다. 법만 만들면 뭐 하냐, 경찰이 자기 자식 일처럼 열심히 뛰어 줘야지 하며 냉소를 보낸다. 그러곤 내 자식은 내가 지켜야지, 주먹을 불끈 쥔다.

그렇다. 지키는 사람이 열이라도 도둑 하나 못 막는다는 말처럼 경찰이 아동성범죄를 뿌리 뽑아 주기만 바랄 순 없다. 내 아이의 안전을 위해서 부모로서 할 수 있는 모든 일을 찾아야 한다. 정신을 바짝 차리고 아이와 아이의 주변을 세심하게 관찰해야 한다. 아이가 평소 즐겨 들르는 곳이나 함께 노는 친구들에 대해서도 자세히 알고 있어야 한다. 무엇보다 성범죄를 포함한 아동 상대 각종 범죄에 대한 대처법을 철저히 가르치는 것도 이 시대 부모의 중대한 의무이다. 순수한 동심을 누려야 할 아이에게 세상과 사람에 대한 불신감을 심어 주는 것이 너무 괴롭다는 부모의 말도 일리가 있지만 설마 하고 방심하다간 언제 어디서 범죄의 희생자가 될지도 모르는 게 우리의 슬픈 현실이다.

아이에게 위기상황에 대한 대처법을 가르치는 것도 그리 간단한 일이 아니다. 절체절명의 위기를 맞이하면 어른도 정신이 아득해져서 허둥대거나 멍해질 텐데 아이에게 임기응변을 발휘할 것을 바란다는 게 얼마나 무리한 주문인가. 어떻게 가르치는 게 최선의 방법일지 부모도 헷갈린다. 어떤 부모는 위험하다 싶으면 무조건 고분고분하게 굴라고 가르치는가 하면 어떤 부모는 눈을 똑바로 뜨고 맞서야 한다고 가르친다. 무조건 떠나갈 듯이 울어 젖히라고 가르치는 부모도 있다.

아무튼 아이가 움직이는 생활반경에서 일어날 수 있는 모든 상황을 상상하여 구체적이고 안전한 대처법을 연구해서 가르쳐야 한다. 얼마 전 한 TV 뉴스시간에 어느 초등학교에서 아이들에게 유괴대처법을 가르치는 장면이 나왔다. 부모들이 지켜보는 가운데 아이들은 '문 좀 열어 달라'는 낯선 사람의 요구에 '부모님 오시면 그때 오세요'라며 침착하게 대답하는 모습 등 여러 상황을 보여 주었다. 나도 모르게 쓴웃음을 지었지만 전국의 수많은 아이들에게 주는 교육적 효과가 엄청났을 것 같다.

우리 손주들은 아직 혼자 다닐 나이가 아니지만 이미 유치원에서 제대로 배운 모양이었다. 여섯 살짜리한테 만약 너 혼자 동네 문방구에 가고 있는데 어떤 아저씨가 '길 좀 가르쳐 달라'며 차에 태우려고 하면 어떻게 할 거니 하고 묻자마자 '전 몰라요, 어른한테 물어 보세요' 하며 쏜살같이 도망갈 거란다. 길을 묻는 사람에겐 친절하게 가르쳐 주는 게 예절이라고 교육받았던 적이 바로 엊그제 같은데.

엘리베이터에도 절대로 혼자 타지 말며 남자 어른과 단 둘이도 타지 말라고 가르쳐야 하니 정말 서글프다. 평소 알고 지내던 나이 지긋한 어른들이 귀엽다며 몸을 쓰다듬는 것도 단호하게 '안 돼요'라고 하라고 반복해서 가르칠 때마다 엄마들은 가슴이 콱 막혀 온다. 우리 사회가 어쩌다 이 지경까지 왔는지.

요즘 초등학교 앞에는 아이들을 기다리는 어른들, 엄마와 할머니들이 많이 보인다. 같은 아파트 단지 안이라 집까지 아무리 멀어도 10분도 안 걸린다. 그 짧은 거리 어느 지점에 위기가 숨어 있을지 두려워서다. 같은 주민인 척하면서 아파트 현관문까지 따라와 범행을 저지르는 경우도 드물지 않아서다. 워킹맘은 그래서 더 괴롭다. 보호자가 없는 아이는 범죄의 표적이 되기 쉽다는 불안 때문이다. 이럴 때 아이를 데리러 온 엄마가 내 아이만 아니라 이웃에 사는 워킹맘의 아이까지 보살펴 준다면 얼마나 좋을까.

아파트는 마을이다. 마을 아이들을 마을 어른들이 함께 지키는 공동체 의식이 되살아난다면 적어도 아동성범죄만은 대폭 줄어들 게 틀림없다. 마음만 열면 그리 어려운 일이 아닐 텐데.

| 행복 |

부모가 아이에게 줄 수 있는 가장 소중한 것

성공하면 행복할까, 행복하면 성공일까. 참 오랫동안 우린 성공해야 행복하다고 믿어 의심치 않았다. 성공은 물론 남보다 더 높은 지위와 더 많은 돈을 얻는 거였다. 즉 '남 보란 듯이' 살게 되는 것 그것이 성공이었다. 미래의 성공을 위해서라면 현재는 얼마든지 참을 수 있었고 또 희생시킬 수 있었다.

하지만 이제 사람들은 아무리 노력해도 성공은 잡힐 듯 잡히지 않는 무지개 같고 그래서 도무지 행복한 삶이란 이승에선 불가능할 것만 같은 예감에 사로잡혀 있다. 셋방살이 할 때는 내 집만 마련하면 내 인생은 성공이다 싶었지만 정작 내 집을 마련한 후엔 더 큰 집을 가져야 성공인 것 같고 그다음엔 또 더 큰 집을 향한 욕망에 허우적거리기 일쑤이다.

외국에서 보면 분명 믿을 수 없을 만큼 짧은 시간 안에 엄청난 발전을 이룬 나라이지만 정작 그 나라에 살고 있는 우리 국민의 행복지수는 세계 최하위권을 벗어나지 못한다고 한다. 자나 깨나 성공에 집착하는 동안 우린 어쩌면 행복할 줄 아는 능력을 아예 잃어버린 게 아닌가 싶다.

최근 '행복학'이 각광을 받으면서 행복의 조건이 무엇이냐에 대한 논의가 봇물처럼 터져 나오고 있다. 수많은 행복학자들의 연구를 간략하게 정리하자면 행복은 약간은 객관적이지만 거의 주관적인 것이라고 한다. 어느 정도의 물질적 조건은 충족되어야 하지만 그다음은 심리적 요소가 더 크게 작용한다는 뜻이다. 너무 오랫동안 들어 와 이제는 식상하게 들리는, '행복은 마음속에 있다'는 말이 다양한 실험과 연구를 통해서 과학적으로 증명되는 중에 있다.

한창 성공을 향해 정신없이 달릴 때는 '행복은 마음속에 있다'는 말이 한낱 '패자에 대한 위로'로 들렸더랬다. '분수를 알라'는 말이 마치 기득권층이 계급을 고착화시키려는 의도에서 서민들을 마취시키려고 만든 음모의 소산으로 읽히듯이. 그러나 보통 사람들과는 차원이 다른 세계에 살면서 물질에 초연한 위대한 성인들이 아니라 학자라는 타이틀을 가진 사람들이 과학적인 데이터를 통해 이런 행복론을 쏟아 내면서 요즘 우리나라 사람들의 행복관이 조금이나마 달라져 가는 기미가 느껴진다면 너무 성급한 추론일까.

아무튼 요즘 젊은 부모들 중에는 아이들의 공부가 아닌 적성에 관심을 갖고 아이가 행복하게 살 수 있다면 그게 바로 아이와 부모의 성공이라고 생각하는 사람들이 늘어나는 것만은 사실이다. 문제는 어떻게 해야 아이를 행복하게 만들 수 있는지 그 방법을 찾아낸다는 것이 부모에게 감당하기 어려운 과제라는 것이다. 부모 자신부터 과거에도 현재에도 행복해 본 기억이 별로 없기 때문이다. 어쩌다 가끔 '당신의 인생에서 가장 행복했던 순간은 언제입니까'라는 질문이라도 받을라치면 세 살 때부터의 기억을 짜고 또 짜내도 자신 있게 '아, 바로 그때요'라고 내놓을 순간이 별로 없다.

지금 젊은 부모들은 배를 곯아 본 경험은 없지만 불행히도 철들기 전부터 공부에 쫓기고 취업에 쫓기고 생계에 쫓기느라 뭐가 행복인지 생각해 볼 겨를이 없었던 세대다. 그저 막연히 그때그때 닥치는 문제를 해결하고 나면 행복이 찾아오려니 기대하며 버텼지만 '고생 끝에 낙'은커녕 '고생 끝에 더 큰 고생'을 만나기 일쑤였다.

이렇게 행복의 기억을 차곡차곡 쌓아 놓지 못한 부모가 어느새 아이를 행복하게 만들어 줘야 할 큰 과제를 떠맡고 말았다. 그 과제가 너무 버겁긴 하지만 부모는 이를 악물며 스스로에게 다짐한다. "나는 어떻게 살든 내 아이만은 행복하게 살게 해야지." 하지만 이 세상에서 가장 가깝고 가장 믿음직하고 가장 사랑하는 사람이 행복하지 않다면 아이는 과연 누구로부터 행복하게 사는 법을 배울 수 있을까.

선천적으로 행복을 느끼는 능력이 뛰어난 사람도 있다고 한다. 같은 환경에서 자라난 형제 간에도 누구는 늘 행복해하는 반면 누구는

내가 아이에게 주어야 하는 가장 소중한 것은
돈이나 학벌이 아니라
아이가 어떤 상황에 처해서라도 절망에 빠지지 않고
행복을 찾을 수 있는 능력이 아닐까

늘 불평을 입에 달고 산다. 그러나 행복한 부모 밑에서 자라난 아이들은 대부분 행복도가 비슷하다는 게 상식이다. 왜냐하면 행복도 연습이 필요하기 때문이다. 가난한 가정에서도 늘 행복한 웃음을 달고 사는 아이가 있고 풍요한 가정에서도 늘 찌푸린 얼굴로 다니는 아이가 있다. 둘 다 부모에게서 배운 것이다.

난 어렸을 때 우리 집이 굉장히 부자인 줄 알았다. 부모님이 한 번도 남을 부러워하는 이야기를 한 적이 없을뿐더러 우리처럼 행복한 가족은 서울에 없을 거라고 우리 형제를 세뇌시켰기 때문이다. 변두리에서 서울 한복판에 있던 중학교로 진출하고서야 우리 집이 객관적인 기준으로 볼 때 겨우 중하층에 속한다는 사실을 알고 얼마나 놀랐던지 모른다. 하지만 이미 10여 년을 스스로 행복하다고 믿으면서 살아온 역사가 있기에 갑자기 나의 행복도가 떨어지진 않았다.

한창 시니컬한 사춘기에는 별 행복할 건덕지도 없는데 부모님이 지나치게 행복해하는 것 같아 공연히 심술을 부리기도 했지만 부모님이 내게 가르친 무한긍정의 힘은 이후 나의 삶에 든든한 버팀목이 되어 주었다.

아이들이 나를 행복한 엄마로 기억해 줄까, 그리고 본인들이 행복한 어린 시절을 보냈다고 기억할까에 대해선 솔직히 자신이 없다. 워낙 웃음이 많은 성격이라 유난히 깔깔거리며 살긴 했지만 별것 아닌 일로 짜증을 부렸던 적도 그만큼 잦았기 때문이다. 솔직히 가난했다고 말할 순 없지만 잘나가는 친구 남편들에 비해 남편의 수입이 적다 보니 상대적 빈곤감에 시달릴 때가 적지 않았다. 게다가 아무리 바가지를 긁어도 꿈쩍 않는 남편도 불만스러웠다.

그때를 돌이켜보면 아이들에게 부끄럽고 미안해진다. 나이가 들수록 과거가 더 새록새록 되살아난다. 조금만 더 성숙한 엄마였다면 아이들한테 얼마나 좋았을까. 물론 손주들이 주렁주렁 달린 할머니가 된 지금도 그리 성숙한 건 아니지만.

이 세상에서 가장 행복한 아이는 행복한 부모 밑에서 자란 아이다. 불구경을 하던 거지 아버지가 아들에게 '우린 불탈 집이 없으니 얼마나 행복하냐'고 했다는 말은 우스갯말 이상의 의미가 있다. 행복의 조건은 무엇보다 무한긍정의 마인드이기 때문이다. 아이를 행복하게 만들고 싶으면 부모부터 행복해져야 한다. 끊임없이 더 많이 갖고 싶고 더 높이 올라가고 싶었던 욕망의 방향을 과감하게 틀어 버린다면 갑자기 나와 세상이 달라져 보일 것이다. 돈과 지위는 그 자체로 목적이 되어선 안 된다고 동서고금의 성인들이 얼마나 강조해 왔던가.

내가 아이에게 주어야 하는 가장 소중한 것은 돈이나 학벌이 아니라 아이가 어떤 상황에 처해서라도 절망에 빠지지 않고 행복을 찾을 수 있는 능력이 아닐까. 내가 가지지 못한 것에 연연하지 않고 내가 갖고 있는 것에 항상 감사하는 마음을 갖는 것이 아닐까. 지금은 실패했더라도 다음엔 꼭 성공할 수 있다는 긍정의 마음 아닐까. 날마다 접하는 자연 그리고 날마다 누리는 소소한 일상들이 당연한 것이 아니라 고마워해야 할 것들이라고 느끼는 아이는 하루하루가 행복할 것이다. 자신을 무능력하고 미움 받는 존재가 아니라 가능성 있고 사랑 받는 존재라고 믿는 아이는 어디서나 행복할 것이다.

세상이 불만스럽고 다른 사람이 부럽고 자신이 싫고 아이의 미래가 불안하고 아이가 자기 몫까지 행복하게 살기를 바라는 부모는 아이를 행복하게 할 수 없다. 아이는 사람과 세상에 대한 불만을 먼저 배울 뿐이다. 그러므로 아이가 행복하기를 원한다면 스스로 먼저 행복하도록 노력해야 한다. 햇살과 바람소리에 행복을 느끼는 부모, 가족의 존재 자체만으로도 행복해하는 부모, 맛있는 음식과 아름다운 노래만으로도 행복해하는 부모, 그 부모를 보는 아이는 행복이 뭔지 저절로 배우게 된다. 아니 온몸으로 행복의 기운을 느끼게 된다.

행복한 아이가 성공한 아이다.

Chapter 4
아이만
키우지 말고
나를
키워라

엄마가 크면
아이도 따라 큰다

요즘 TV를 틀면 거의 모든 채널에 약방의 감초처럼 끼는 프로그램이 있다. 시골의 풍경과 장터 그리고 사람들을 소개하는 내용들이다. 카메라 앞에서 익살스러운 표정으로 생선이나 농산품을 홍보하는 사람들은 대부분 노인들이다. 얼마 전만 해도 5,60대였던 것 같은데 어느새 6,70대들로 연령이 높아졌고 80대도 드물지 않다. 특히 몇십 년씩 시골장터를 지켜 온 이들은 거의 70대 이상의 할머니들이다.

비가 오나 눈이 오나 장터에 나와 난전을 편 그들은 주름투성이 얼굴에 허리는 꼬부라졌어도 표정만은 하나같이 여유롭고 생기발랄하다. 그들은 이렇게 나이 들어도 굳세게 장터를 지키는 이유가 생계 때문이 아니라 소일거리라고 입을 모은다. 도시로 떠난 자식들은 한사코 장사를 말리지만 집에 있으면 뭐 하냐고, 이렇게 나오면 사람들도 만날 수 있으니 심심할 겨를이 없는 데다 손주들한테 줄 용돈까지 챙길 수 있으니 몸을 움직거릴 수 있는 한 그만둘 수 없다고 한다. 지독한 가난 속에서 억척스레 자식들을 키워 내고 어느 결에 너무나 풍요로워진 생활에 만족하면서 노년을 가꿔 가는 그들에게선 무한한 자부심이 느껴진다.

그런 프로를 볼 때마다 나는 우리나라를 이만큼 키워 온 이들이 바로 여성들이라는 사실에 새삼 숙연해지지만 동시에 또 하나 우리나라 여성들의 수명이 참으로 길어졌다는 사실을 확인하곤 놀라게 된다. 시골에선 이미 70대만 해도 젊은 축이다. 우리는 명실공히 백세시대에 들어간 것이다.

주위를 둘러봐도 7,80대에도 여전히 왕성하게 활동하는 여성들이 적지 않다. 예전 같으면 할머니 중에서도 상할머니로 불리웠을 연령대다. 아니 사회활동만이 아니라 70대에 새로운 사랑을 찾았다고 당당히 공표하는 여성들도 점점 늘어나고 있다. 그들은 젊음도 좋았지만 나이 든 후 얻은 자유와 여유는 기대했던 것 이상이라고 말한다.

수명이 놀랍도록 길어지고 있다. 평균수명이 60이던 게 바로 얼마 전인데 금방 80이라고 한다. 지금 40살 정도인 사람은 절반이 90을 넘길 거라고 예측한다. 자살이나 사고사를 제외하면 모두가 장수하는 시대로 들어섰다.

시대가 이렇게 변했는데도 오히려 젊은 여성들은 여전히 나이에 스스로를 옭아매기 일쑤이다. 한 해가 저물 무렵 젊은이들이 많이 모이는 사이트에 들어가 보면 스물아홉에 다 산 것처럼 한숨 쉬는 글들이 넘쳐난다. 아이를 키우는 엄마들은 더하다. 아이가 생기면서 그들은 이제부터 자신의 인생은 끝났고 앞으로 엄마로서의 인생만 남았다고 푸념한다. 긍정적으로 보면 좋은 엄마로서의 자세를 가다듬겠다는 다짐이지만 냉정하게 평가하자면 이제부터는 기나긴 인생을 엄마라는 이름에 묻어가겠다는 자기 포기선언이다.

젊은 엄마들 흉볼 것도 없다. 이렇게 말하는 나도 똑같았으니까. 그 어렵다는 신문사 입사시험을 뚫고 들어갔음에도 난 조만간 결혼하게 되면 그 이후의 내 인생은 저절로 굴러갈 게 분명하니 굳이 애써서 살 필요가 없다고 생각했다. 비록 잘나가는 백기사는 아닐지언정 내가 선택한 기사의 허리를 꼭 부둥켜안고 놓치지만 않으면 그런대로 무난한 인생이 될 것 같았다.

그래서 나는 요즘 젊은 엄마들의 심정을 이해하면서도 솔직히 답답하다는 느낌이 더 크다. 왜냐하면 내가 젊었을 때만 해도 환갑잔치를 성대하게 하는 게 일반적인 풍속일 만큼 수명이 상대적으로 짧았고, 또 여성의 역할에 대한 고정관념이 강했던 시절이었기 때문이다. 지금은 대부분의 여성들이 여든을 넘어 살고 여성 정치인, 여성 CEO들이 많아질 만큼 여성관이 확 바뀌고 있지 않는가.

물론 아무리 정부가 나서서 보육정책에 돈을 쏟아붓는다 하더라도 아직은 일과 가정의 양립이 말처럼 쉽지 않다는 건 잘 알고 있다. 어떻게든 일과 가정을 함께 꾸려 가려고 안달복달하다가 결국엔 육아 때문에 어쩔 수 없이 일을 접을 수밖에 없는 여성들이 너무나 많지만 그렇다고 해서 이왕 이렇게 된 바엔 자신의 인생을 죽을 때까지 엄마역할에 묶겠노라고 다짐하는 건 너무 성급한 결정이다.

아이 때문에 일을 접은 여성들의 경우 일종의 보상심리로 아이들한테 올인하는 경향이 더 강할 수 있다. 엄마의 올인이 아이들한테 도움 되지 않는다는 걸 알면서도 그것 외엔 다른 역할이 없다고 믿기 때문에 오직 엄마역할로만 자신의 가치를 매기려는 것이다.

나이가 들수록 젊은 사람들의 나이를 짐작하기가 점점 어려워진다. 학부모 강연이라고 해서 단상에 서 보면 모두들 대학생 같은 얼굴들이다. 나이의 상대성 때문이기도 하지만 실제로 요즘 엄마들은 우리 세대보다 체격이나 외모 면에서 훨씬 출중하다. 영양상태도 좋고 패션감각도 뛰어난 덕분이다. 우리 세대는 출산과 더불어 대부분 중년 아줌마처럼 보였지만 요즘 엄마들은 쉰이 다 돼 가도 청년처럼 보인다.

이렇게 눈부시게 젊은 엄마들이 아이들이 뜻대로 안 된다고 하소연하면서 애 꼴을 보면 자기 인생은 이미 결판이 난 거라며 한숨을 내쉬는 모습을 보면 난 딱하다 못해 헛웃음이 터진다. 인생이 그리 만만한 줄 알았냐, 앞으로 얼마나 긴 인생이 남았는데 애 하나 뜻대로 안 된다고 다 산 척하냐 싶어서다.

하지만 이미 자신을 다 걸기로 결심한 엄마들에게 이제부터라도 아이들한테 올인하지 말고 자신한테도 투자하라고 아무리 강조해 봤자 쇠귀에 경 읽기라는 건 뻔한 사실이다. 그들은 올인해도 이렇게 잘 안 풀리는데 올인하지 않으면 우리 아이는 당장 완전 추락해 버릴 거라고 굳게 믿고 있다. 이미 끝나 버린 내 인생 살리자고 앞날이 구만리 같은 아이의 인생을 망칠 수는 없노라고 스스로를 추스른다. 젊은 엄마들은 자신을 모두 내던지지 않는 엄마는 나쁜 엄마라는 죄의식에 사로잡혀 있다.

문제는 엄마의 올인이 아이의 성장에 오히려 나쁜 영향을 끼치기 쉽다는 것을 넘어 이렇듯 엄마역할에만 올인하고 살기에는 엄마 이후의 삶이 너무 길어졌다는 사실이다. 이 시대의 엄마는 아이를 잘 키워야 하는 과제에 덧붙여 자신까지 키워야 하는 이중의 과제를 안고 살아가야 한다. 그러나 부담스러워할 필요 없다. 이 과제들은 실은 두 개가 아니라 하나이기 때문이다.

쉽게 생각해 보자. 입만 열면 공부해라, 공부해라 잔소리하는 대신 엄마가 앞으로의 인생설계에 도움이 되는 책을 구해서 읽는다고 치자. 아이는 처음엔 픽 하고 웃을 것이다. 자신의 눈에는 이미 다 산 것 같은 엄마가 새삼 책에 집중을 한다는 게 영 어색하기 때문이다. 또 마음 한구석에선 이제까지 잔소리를 퍼붓던 엄마로부터 외면당한 듯한 느낌에 공연히 심술이 나기도 할 것이다. 다가가면 도망가고 도망가면 다가가는 이른바 '밀당'은 연인 사이에서만 유효한 게 아니다. 아이가 자기에게 관심을 가져 달라고 온갖 제스처를 써도, '미안해, 네 일은 네가 알아서 해, 엄마는 할 일이 있어'라고 튕기면 아이는 어

젊은 엄마들은
자신을 모두 내던지지 않는 엄마는 나쁜 엄마라는
죄의식에 사로잡혀 있다.

느새 공부할 거리를 들고 엄마 옆으로 오거나 자기 방으로 들어가서 책상 앞에 앉는다. 엄마 잔소리 때문에 억지로 공부를 하는 게 아니라 '저렇게 늙은 엄마도 공부를 하는데 나도 해야지'라는 용심이 발동하는 것이다.

이제 와 공부한다고 무슨 뾰족한 수가 있을까, 젊은 엄마들은 지레 기가 죽는다. 경력단절이 길어질수록 여성들의 자신감은 떨어지게 마련이다. 하지만 두려워할 것 없다. 직장경력은 단절되었을지 모르지만 그사이 인생의 경력은 계속 쌓아 오지 않았는가. 나의 취업주부 4년, 전업주부 10년, 파트타임 주부 30년 경험에 따르면 주부라는 직업은 결코 만만한 직업이 아니다. 일의 강도도 셀 뿐만 아니라 영역 또한 광범위한 직업이다. 한마디로 주부는 멀티플레이어다. 가사노동부터 인간관계까지 모든 곳에 촉수를 뻗어야 무난하게 하루가 돌아간다.

그리고 어쩌면 오로지 주부라는 직업에 몰두해야 하는 이 시기는 젊은 엄마들이 차분하게 자신의 적성과 능력을 점검할 수 있는 절호의 찬스가 될지도 모른다. 자신에게 맞는 분야를 찾아내어 최소 1만 시간만 투자한다면 무슨 일을 못해 내랴. 새로운 도전과 투자 없이 그저 엄마 이전의 경력만 내세우면서 사회가 나를 쉽게 받아 주겠냐면서 미리 주저앉아 버리는 그런 약한 짓은 그만두자.

아이를 억지로 키우려 하지 말자. 엄마가 크면 아이도 따라 큰다.

진짜 아이 기를 살리고 싶다면

식당이나 공공시설에서 마구 뛰어다니는 아이에게 '얘들아, 뛰지 마'라고 주의를 준 나이 든 어르신들에게 '당신이 뭔데 내 아이 기죽이느냐'며 삿대질을 해 댔다는 젊은 엄마들에 대한 이야기는 이제 화젯거리도 안 될 만큼 일상화되었다. 담배 꼬나물고 상소리 해 대는 청소년들을 꾸짖었다가 폭행을 당한 이야기도 이젠 다반사고 심지어는 맞아 죽는 경우도 드물지 않는 세상이다. 어른 된 도리로 버릇없는 아이 가르쳐 보겠다고 나섰다가 자칫 크게 봉변당할까 봐 아예 어르신들도 입을 닫고 마니 식당이고 박물관이고 시끄럽게 떠들면서 뛰어다니는 아이들로 넘쳐 난다.

하긴 요즘은 휴대전화를 오래 쓴 탓인지, 아니면 기가 죽어 본 적이 없어서 그런지 엄마들까지 목청이 높아져 어딜 가나 소음이 장난이 아니다. 예전에는 중국사람들에게 호떡집 불난 것처럼 소란스럽다 고 흉을 봤는데 요즘 외국여행을 다니다 보면 한국사람이 훨씬 시끄럽다는 인상이다. 경제력이 커지니 목청도 따라 높아진 건가. 정말 기가 너무 살아 있네.

예나 지금이나 자기 아이 기죽이고 싶은 엄마가 어디 있을까. 기죽은 아이를 보는 엄마의 마음처럼 처연한 경우도 또 없을 게다. 엄마들은 혹시라도 내 아이가 기죽는 일이 발생하지 않을까 늘 전전긍긍했다. 그렇지만 요즘 엄마들은 아이의 기를 살려 준다는 이름 아래 부모로서 마땅히 가르쳐야 할 것들을 가르치지 않는 경우가 많을뿐더러 오히려 엄마 스스로 자신도 모르는 사이에 그 귀한 내 아이의 기를 가혹하게 꺾어 버리는 짓을 하는 경우도 많다.

아이의 기를 살려 주기 위해선 아이가 위험한 상황에 빠질 경우를 제외하곤 절대로 '안 돼'라는 말을 해선 안 된다고 믿는 엄마들이 의외로 많다. 어렸을 때부터 그런 부정적인 말을 듣고 자란 아이는 자신감이 없고 매사를 부정적으로 본다고 생각하기 때문이다. 그래서 아이를 자유롭게 키운다는 미명 아래 아이가 공동체에서 조화롭게 살기 위해 지켜야 하는 최소한의 룰도 제대로 가르치지 않는다. 그런 룰은 아이가 커 가면서 자연히 배우게 된다고 생각한다. '세 살 버릇 여든까지 간다'는 속담은 까맣게 잊고.

아이가 식당에서 좀 뛰어다니기로서니, 아이가 지하철 의자에 신발을 신고 올라가기로서니 무슨 큰일이 났다고 야단을 치는지 너무 야속하다. 엄마인 나도 아무 말 하지 않는데 왜 관계도 없는 사람이 야단을 쳐서 남의 아이 기를 죽이느냐 말이다. 우리나라 사람들은 도대체 남의 일에 간섭이 너무 심하다니까. 너나 잘하시지.

물론 어른들 중에는 간혹 너무 심하다 싶게 화를 내는 사람이 있기도 하다. 그러나 그런 경우라도 그걸 꼬투리 잡아 본말을 흐려서는 안 된다. 일단 어른에게 미안하다는 표시와 함께 아이를 제재하는 것이 옳다. 답답한 건 많은 엄마들이 아이가 뭘 잘못했는지 제대로 짚어 주기보다 "뛰지 마, 저 할아버지가 화내시잖아"라고 말한다는 거다. 아이가 떼를 쓸 때 '너 계속 그러면 저 아저씨가 잡아간다'며 엉뚱한 사람을 끌고 들어가는 것처럼.

공중도덕뿐만 아니라 다른 아이들에게 공격적인 행동을 할 때도 제지하지 않는 엄마가 있다. 다른 아이가 갖고 노는 장난감을 막무가내로 빼앗거나 때리거나 할 때도 입으로는 '그러면 안 돼, 사이좋게 놀아야지'라고 제지하는 척하지만 진심으로는 말릴 생각이 없다. 아이들이 놀다 보면 잘 놀 때도 있고 다툴 때도 있지 하며 관대한 척하지만 정작 내 아이가 다른 아이에게 맞으면 화가 나서 어쩔 줄 모른다. 심지어 엄마의 뺨을 때리거나 꼬집고 물어도 그저 아이가 엄마의 관심을 끌려는 욕구에서 나온 행동이라며 대수롭지 않게 넘어가기도 한다. 자기는 육아이론에도 빠삭하고 아이의 심리를 잘 이해한다고 자부하지만 무조건 오냐오냐 하는 것이 민주적 부모의 자세라는 생각은 한참 잘못된 생각이다.

이런 엄마들이 아이가 학교에 들어간 뒤에는 아이의 기를 무참하게 꺾어 버리는 말을 아무렇지도 않게 쏟아 낸다. 다름 아닌, 엄마의 눈에는 누구보다 똑똑하게 보였던 아이가 학업에서 자신의 기대치에 훨씬 미치지 못할 경우다. 충격을 받은 엄마는 아이가 공부를 하기 싫어하는 이유 그리고 공부에 뒤처지는 이유를 차분히 들여다볼 생각은 하지 않고 무조건 아이의 게으름을 탓하며, 엄마가 얼마나 실망했는지 노골적으로 드러내기 바쁘다. 마치 아이가 엄마의 가해자라도 된 것처럼.

그렇지 않아도 아이는 이미 교실에서 충분히 좌절감을 맛본 후였다. 공부 잘하는 아이와 공부 못하는 아이를 구별하는 사람은 부모들만이 아니다. 어렸을 때부터 무엇이든지 비교하며 서열을 매기는 문화에 아이들 스스로도 길들여져 있다. 스스로 위축이 된 아이는 그래도 속으로는 자신을 언제까지나 지지해 줄 거라고 믿어 온 엄마의 위로와 격려를 받고 싶었다. 엄마는 늘 자신의 기를 살려 준 사람이니까. 하지만 엄마의 가혹한 핀잔과 쏟아지는 넋두리에 그나마 남아 있던 아이의 기는 한순간에 폭삭 꺾이고 만다. 이렇게 공부를 못하다니 나는 바보인가 봐. 게다가 엄마가 저렇게 화내고 슬퍼하는 걸 보니 난 나쁜 애구나.

엄마들은 다른 데는 관대하면서 유독 공부에 대해서만은 거침없이 핀잔을 준다. 그러니까 엄마가 공부 열심히 하라고 그랬지. 그렇게 게으름을 피우더니 꼴좋구나. 될성부른 나무는 떡잎부터 알아본다는

데 널 보니 벌써 싹수가 노랗구나. 아이고, 니가 그렇지 뭐.

엄마의 잔소리는 핀잔으로 끝나지 않는다. 평소 아빠와 사이가 나빴던 엄마는 너 하나 믿고 살았는데 난 이제 누굴 믿고 사냐며 한탄한다. 그리고 언제 적 푸념인지 모를 고색창연한 넋두리까지 터져 나온다. 남편 복 없는 년은 자식 복도 없다더니, 내 팔자가 왜 이 모양이냐.

평소 아빠와 사이좋았던 엄마는 이번엔 아빠 인생까지 걸고 아이를 닦달한다. 넌 아빠가 불쌍하지도 않니? 너 하나 믿고 그 고생하면서 돈 벌러 다니는데. 네가 이 모양이면 아빤 이제부터 무슨 희망으로 사시겠니.

핀잔이건 넋두리건 엄마의 속마음은 아마 아이가 사태의 심각성을 스스로 깨닫고 심기일전해서 앞으로는 공부에 매진해 주기를 원하는 걸 게다. 하지만 아이의 생각은 다르다. 물론 엄마의 소원대로 다시금 마음을 다잡는 '착한 아이'도 있겠지만 그보다는 엄마의 말폭탄에 짓눌려 의기소침해하거나 아니면 반발하는 아이가 대부분이다. 아니 엄마는 어른이면서 왜 나만 믿고 살아?

누구나 알다시피 차라리 엄마에게 대드는 아이는 건강한 아이다. 엄마의 위세에 짓눌려 아예 기가 꺾여 버린 아이는 좀처럼 자존감을 되살리기 힘들다. 그런데도 엄마들은 단지 자기 자존심에 상처를 받았다는 이유로 대드는 아이에게 더 화를 낸다. 그때부터 아이와의 소모적인 기싸움이 본격적으로 시작된다. 이제 엄마의 목표는 아이를

아이의 기를 살리는 부모는 절대 성적 따위로
아이의 자존감을 짓밟지 않는다.

자극시켜 공부를 열심히 하게 만드는 게 아니라 오로지 엄마에게 기어오르지 못하도록 아이의 기를 초전박살 내는 데 집중된다.

내 아이의 기를 펄펄 살리고 싶다면 공공장소에서 최소한의 룰을 지키지 않는다고 꾸중하는 어르신들에게 화를 낼 일이 아니라, 단지 공부를 엄마의 기대보다 못한다는 이유로 아이의 기를 뿌리부터 꺾어 버리는 어리석은 짓부터 멈추어야 한다.

어렸을 때부터 가정 안에서의 규칙들과 공동체의 룰에 대해서 엄격하게 교육하는 것은 아이의 기를 꺾는 짓이 아니다. 아이가 사회와 조화로운 관계를 이끌어 나가기 위해서 꼭 필요한 교육이다. 이웃들이 눈살을 찌푸리도록 아이를 방임한 부모는 무책임한 부모이다. 꾸중하는 어르신에게 정중하게 사과하고 오히려 감사의 인사를 올리는 게 제대로 된 부모노릇이다.

아이의 기를 살리는 부모는 성적 따위로 아이의 자존감을 짓밟지 않는다. 제발, 아이들 기죽이지 마.

10년 전업주부로 살면서 느낀 것들

"아이 다 키워 놓은 다음에 내 일을 가질래요."

아이만 키우지 말고 자신을 키우라고 하면 엄마들은 이렇게 말한다. 도대체 언제가 돼야 아이를 다 키웠다고 할 수 있는지 얘기해 보라고 하면 제각각이다. 아이를 초등학교에 들여보낼 때에서부터 대학에 들어갈 때까지, 취업할 때까지, 결혼할 때까지, 심지어는 결혼해서 아이 낳는 거 볼 때까지.

이제 막 칠십이 된 여성 한 분은 딸 셋이 모두 취업했는데 아무도 결혼을 하지 않아서 인생 2막을 시작 못하고 있다며 어디 좋은 신랑감 있으면 중매 좀 하라고 성화다. 큰딸은 마흔이 훌쩍 넘었고 동생들도 삼십대 후반인데 집 떠날 생각을 안 하니 자신은 아직도 어린아이들을 품에 안고 사는 기분이란다. 어떤 이유로건 앞으론 남녀 모두 비혼으로 사는 이들이 부쩍 늘어날 텐데 그렇게 되면 자녀들은 자신들을 독립인이라고 주장할지 모르지만 부모들은 자녀를 다 키웠다는 기분을 느끼지 못할 게다.

아이를 다 키운 시기를 언제로 잡느냐는 엄마들마다 생각이 다르므로 빠르다 늦다 제삼자가 판단할 사항이 아니다. 다만 그때가 언제가 됐든 진정으로 내 일을 갖고 싶다면 그때까지 마냥 손 놓고 기다릴 수만은 없다고 본다. 아이를 키우는 동안에도 차근차근 미래의 인생에 대한 준비작업을 해 나가야 한다는 말이다.

예전 같으면 아이를 키우면서 육아에 전념하지 않고 자신의 미래에 대해 설계한다는 것 자체를 불량엄마로 보는 분위기였지만 요즘에는 절대다수의 엄마들이 인생 2막을 당위로 받아들인다. 아이도 적게 낳는 데다가 수명이 길어진 덕분이다.

그렇지만 오랫동안 아이 키우기에만 전념해 온 엄마들은 대부분 미래에 대한 설계가 막연한 데다가 자신의 능력에 대한 자신이 없다. 꼬박 10년 동안을 전업맘으로 살아 본 내 경험에 의하면 엄마들의 자신감 결여는 너무나 당연한 현상이다. 육아와 살림이란 게 얼마나 정신을 분산시키는 노동인지 주부들은 뼈저리게 느끼며 살아간다. 밑도 끝도 없는 일에 치이다 보면 하루가 어떻게 갔는지 한 달이 어떻게 갔는지 정신을 차릴 수 없다. 혹시 책이라도 읽을라치면 저 놀기에 바쁜 것 같았던 아이들이 귀신같이 알고는 달려와서 이거 해 달라 저거 해 달라 훼방을 놓는다. 학창시절에 수재 소리를 들었건, 회사에서 유망주 소리를 들었건 왕년에 반짝반짝 빛났던 엄마들은 집에 들어앉아 몇 년만 아이들과 씨름하고 나면 스스로 바보가 된 기분이다.

드디어 아이로부터 조금이나마 놓여나게 되었을 때도 '자, 이제 인생 2막이다!'라고 환호작약할 수가 없다. 세상은 엄청난 속도로 변했는데 자기만 제자리에서 맴돌았다는, 아니 세상은 앞으로 나아가고 있을 때 자신만 뒷걸음치고 있었다는 깨달음에 갑자기 무력감에 사로잡히기 때문이다. 게다가 결혼을 하지 않고 계속 커리어를 쌓아 갔거나, 혹은 출산 후에도 일과 가정이라는 이중부담을 견디면서 힘들게 걸어갔던 친구들은 저만치 앞서가고 있다. 공연히 뒤늦게 따라가려다가 열패감만 맛보지 말고 차라리 하던 일이나 잘하자, 즉 아이나 잘 키우자라는 쪽으로 계획을 바꾸고 싶어진다.

여기서도 금기사항은, 절대 남과 비교하지 말 것!이다. 친구들이나 예전 동료들이 어느 만큼 가 있건 나와 상관없는 일이다. 그들은 그들의 길을 갔으니 나는 나의 길을 가면 그뿐이다. 그리고 세상의 모든 일에는 빛과 그림자가 있는 법, 부럽게만 보이는 그들의 삶에도 얼마나 많은 걸림돌이 있었겠는가.

진짜 신경 써야 할 일은 앞으로 무슨 일을 할까에 대한 구체적인 설계다. 결혼이나 출산 전에 하던 일과 연관된 종류의 일일 수도 있고 전혀 새로운 일일 수도 있다. 어떤 일을 선택하든 간에 가장 중요한 건 자신의 적성과 능력을 냉정히 판단한 후 시작해야 한다는 점이다.

엄마들은 아이들의 적성을 찾아 주기가 너무 어렵다고 하소연하면서도 정작 엄마 본인의 적성이 무엇일까에 대해서는 무심한 경우가 많다. '적성이 밥 먹여 주냐'는 궁핍했던 시대에 태어나 오로지 잘 살아 보자고 이를 악물었던 내 또래는 말할 것도 없고 비교적 여유 있게 자라난 지금 3040엄마들도 적성 따위는 인생에서 고려대상이 되지 않았다. 그들 역시 대부분 그저 점수에 맞춰, 또는 형편에 맞춰 사는 데 허우적거리느라 자신의 적성을 살려서 꿈을 이루겠다는 야심 따위는 뒷전으로 밀어 놓은 세대다.

젊은 엄마들은 삶의 고비를 만날 때마다 '내가 이렇게 살고 싶지는 않았는데…'라며 회한에 젖지만, 그럼 어떻게 살고 싶은지에 대한 그림은 막연하기 일쑤다. 고작 돈 더 잘 버는 남편, 좀 더 자상한 남편, 좀 더 공부 잘하고 착한 아이를 뒀으면 좋았을걸 하는 정도이다. 나 자신이 무엇을 하며 어떻게 살았으면 하는 설계는 빠져 있다. 물론 성공도 하고 싶고, 날씬해지고 싶고, 평생 동안을 유지했으면 싶은 욕심은 있지만, 그건 어디까지나 욕심에 그칠 뿐이다.

육아에 집중하는 동안 아이가 뭘 하고 싶어 하는지를 지켜봄과 동시에 내가 뭘 하고 싶은지를 찬찬히 생각하며 살아야 한다. 아울러 내가 무엇을 잘할 수 있는지도 함께 생각하지 않으면 내가 겨우 찾아낸, 내가 하고 싶은 것이 그저 공상에 지나지 않을 가능성이 높다.

하지만 하고 싶은 일이 확실하게 정해진다면 현재 내 능력이 닿지 않더라도 크게 실망할 필요는 없다. 시간을 두고 차근차근 능력을 쌓아 나가면 되니까. 글도 못 읽던 할머니들이 60살, 70살을 넘어서 한

글공부를 시작하더니 얼마 지나지 않아 책까지 써내는 이야기가 얼마나 자주 들려오는가.

한 방면의 전문가가 되려면 1만 시간만 투자하면 된다고 한다. 누구라도 관심 가진 분야의 전문가가 되고 싶다면 수능시험부터 박사학위 받을 때까지 10년만 매달리면 성공할 수 있다. 마흔에 시작했더라도 쉰이면 박사가 될 수 있다. 박사학위가 중요하다는 말이 아니라 전문가가 되어 능력을 발휘할 수 있다는 말이다. 그리고 쉰 살이라는 나이는 백세시대에서 딱 중간 나이일 뿐이다.

취업이나 사업도 마찬가지이다. 자신이 살림에 뛰어난 적성과 능력이 있다고 자부할 수준이라면 사회에서 그 솜씨를 발휘할 기회는 의외로 많다. 살림하면서 느꼈던 불편한 점을 해소할 수 있는 생활용품을 개발해 낼 수도 있고 꼭 필요한 서비스업을 창업할 수도 있다. 주부로 살았던 기간은 그냥 허탕으로 보낸 시간이 아니다. 그 기간은 여성을 살림의 달인, 육아의 달인, 인간관계의 달인으로 연마하는 수업기간이다.

살아가면서 새록새록 느끼는 것 중의 두 가지는 '이 세상에는 공짜가 없다' 그리고 '허투루 보낸 시간은 없다'는 사실이다. 나 역시 한창 살림과 육아에 매달려 있었을 때는 몰랐었지만.

아이들만 무한한 잠재력을 갖고 태어난 것이 아니다. 엄마들도 그렇게 태어난 존재다. 다만 오랫동안 잠재력을 펼칠 마당을 만나지 못했을 뿐이다. 그러니 아이들의 미래를 준비하면서 동시에 엄마들의

내가 태어나서 가장 잘한 게 있다면
아이들 셋을 낳은 것, 그리고
마흔 넘어 적성에 맞는 일을 찾은 것 그 두 가지다.

미래도 함께 준비해야 한다. '나는 끝까지 엄마로서 살고 싶다. 그게 내 꿈이다'라는 엄마가 있다면 그것도 좋다. 그의 적성은 엄마니까.

고백하자면, 난 큰아이가 여섯 살 때까진 내가 엄마 적성인 줄 알았다. 아이들과 어울려 비벼 대고 칼싸움하는 걸 너무 좋아했으니까. 아이가 학교에 입학하면서부터 내가 엄마 적성이 아니라는 걸 발견했다. 대한민국 학부모노릇이 너무 싫었다. 그래서 그때부터 내가 정말 하고 싶은 일을 찾기 시작했다. 글쓰기와 말하기, 그게 나의 적성이었다.

내가 태어나서 가장 잘한 게 있다면 아이들 셋을 낳은 것, 그리고 마흔 넘어 적성에 맞는 일을 찾은 것 그 두 가지다. 살다 보면 때론 자괴감에 빠져 허우적댈 때도 많지만 그때마다 난 스스로를 위로한다. 넌 그래도 두 가진 잘했잖아.

모성은
항상 아름다운가

몇 년 전 봉준호 감독의 〈마더〉가 상영되고 있을 때였다. 내 또래들과 만난 자리였다. 그 나이치고 비교적 영화를 즐겨 보던 그룹이었다. 화제가 〈마더〉에 이르자 몇몇 친구들이 강한 불쾌감을 드러냈다. 봉준호 그 사람 아주 재능 있는 젊은이인줄 알았더니 잘못 본 모양이라는 거의 인신공격성 발언부터, '국민엄마' 김혜자 씨가 왜 그런 역을 맡았는지 모르겠다, 시간이 지날수록 점점 기분이 나빠져서 결국 중간에 나와 버렸다며 다시 생각하고 싶지도 않다는 친구도 있었다.

요컨대, 모성을 왜곡시켰다는 것이 골자였다. 엄마를 그토록 비정상적으로, 이기적으로 그리다니 감독이 정신적으로 큰 문제가 있는 모양이란다. 그러자 한쪽에선 천재들은 모두 정신이 이상하지 않느냐고 핀잔인지 두둔인지 헷갈리는 말까지 나왔다.

무얼 가지고 모성을 왜곡시켰다고 보느냐는 질문에 친구들은 이구동성으로 '그렇게 악한 엄마가 어디 있느냐'고 언성을 높였다. 현실에 없는 엄마라는 것이었다. 이번엔 내가 놀랐다. 마치 다른 행성에서 온 생물체가 된 기분이었다. 그런 엄마가 어디 있냐니. 현실의 엄마들은 거의 다 그렇지 않느냐, 자기 자식을 위해서라면 남의 자식은 어떻게 되든지 상관없다는 게 대다수 한국의 엄마들 아니냐, 김혜자도 그걸 알기에 살인범으로 몰린 청년에게 '너도 엄마가 있었으면 이렇게 되지 않았을 거야'라며 연민을 느끼지 않더냐. 내가 속사포처럼 쏟아내자 친구들은 엄마들이 이기적인 면은 좀 있지만 그걸 너무 극단적으로 표현한 게 기분 나쁘다고 한발 물러섰다.

아마도 엄마로서의 자기 속에 숨어 있는 이기심 또는 악한 본성을 너무 적나라하게 그려 냈기에 본능적인 거부감이 들었던 게 아닌가 싶었다. 혹은 이 험한 세상에 최후의 쉼터로 남겨 두어야 할 모성까지 갈가리 찢어발겨서 뭘 얻으려느냐고 감독에게 따지고 싶었던 게 아닐까.

그러나 모성은 우리가 꿈꾸듯 아름답고 숭고하기만 한 것이 아니라는 걸 누가 부정할까. 또 아이를 낳은 어머니라면 본능적으로 모성을 느낀다는 것도 착각이다. 모성은 본능이면서 본능이 아니기도 하고, 아름답지만 또 추한 면이 있다. 모성이 본능이라면 아이를 낳자마자 버리거나 죽이는 사건이 왜 끊이지 않으며, 모성이 아름답기만 하다면 왜 모성의 이름 아래 추한 짓을 저지르는 엄마들이 그렇게 많겠는가.

난 초등학교 4학년 때까지 촌에서 자랐다. 워낙 말이 느리고 어수룩해서 공부는 항상 중간치였다. 그러다가 5학년으로 진급할 때 서울 변두리로 전학을 왔는데 오자마자 치른 일제고사에서 1등을 하는 바람에 일약 화제의 주인공으로 떠올랐다. 6학년 때는 생애 처음이자 마지막으로 반장으로 선출되기까지 했다. 내리 5년 동안 반장을 도맡아 해 왔다는 아이를 제치고.

그러자 며칠 후 그 아이의 엄마라는 분이 학교에 와서는 나를 찾았다. 우리 엄마와는 비교가 안 되게 세련된 차림의 그분 말씀인즉슨 '너 때문에 우리 아이가 속상해서 울고불고하니 미안하지만 시골로 다시 내려갈 수 없겠니'라는 내용이었다. 처음엔 무슨 말인지 잘 못 알아들어 얼떨떨했다. 늦게나마 그 말씀의 진의를 파악하자 난 어디서 그런 힘이 나왔는지 눈을 똑바로 뜨고 대답했다. "죄송하긴 한데요. 아버지가 서울로 전근 오신 바람에 가족 모두 따라왔기 때문에 저 혼자 마음대로 시골로 내려갈 수가 없는데요."

집으로 오는 길, 어린 속이 부글부글 끓었다. 저 아줌마, 어른 맞아? 자기 아이가 속상해서 울면 위로를 하든지 야단을 치든지 해야지, 어떻게 남의 아이한테 촌으로 이사를 가라 마라 하는 거야. 나도 우리 엄마한테 일러바칠까 보다. 하지만 난 엄마한텐 한마디도 안 했다. 엄마가 속상해할까 봐서 그랬는지 아니면 말주변 없는 엄마가 그 엄마와 싸워 봤자 질 게 뻔해서 그랬는지는 잘 모르겠다.

너무 어린 나이에 모성의 추한 면을 보았기 때문인지 난 그 이후로 모성을 무조건 찬양하는 내용의 시나 산문을 읽을 때면 거의 본능적으로 거슬린다. 내가 만일 〈마더〉의 엄마였더라면 어땠을까. 그 엄마처럼 살인까지 저지르진 못하겠지만 아들의 범죄를 막연히 짐작했을 때부터 애써 부정했을 거 같다. 사회정의를 바로 세우기 위해 아들을 경찰서로 데리고 가진 않았을 거라는 말이다. 혹은 이러지도 저러지도 못한 채 혼자 끙끙 앓다가 병원으로 실려 갔을지도 모른다. 상상만 해도 진땀이 난다.

간혹 스스로 모성을 내팽개치는 엄마들이 있다 치더라도 절대다수의 엄마들은 아름답든 추하든 지극한 모성의 소유자들이다. 내 아이를 위해서라면 목숨도 바칠 각오가 되어 있다. 가난한 시절, 전쟁으로 남편을 잃고 홀몸으로 억척같이 아이들을 먹이고 입히고 가르친 어머니들이 없었다면 지금 같은 풍요는 아직 오지 않았을 게 분명하다. 새끼들을 굶어 죽일 수 없기에 위험을 무릅쓰고 사냥에 나서는 어미사자처럼 어머니들은 초월적 힘을 발휘해서 아이들을 키워 냈다. 그렇게 자란 아이들이 나이 들어 모성에 대한 그리움을 노래하는 모습은 언제나 우리의 감정선을 건드린다.

하지만 먹을거리가 부족한 시대에도 어떤 어머니들은 자기 아이들만이 아니라 다른 아이들까지 거둬 먹였다. 도시락을 갖고 올 형편이 못 되는 아이의 도시락까지 싸서 자기 아이에게 들려 보냈고, 부모 없이 할머니와 자라는 아이에겐 밑반찬을 대 주기도 했다. 아무리 찬양해도 지나치지 않는, 그야말로 넓고 깊은 어머니의 마음이다. 그런 푸근한 모성을 찾기가 너무 어려운 세상이 되어 버렸다.

고 박완서 선생님은 살아생전 늘 요즘 사람들이 자신이 누리는 풍요를 너무 당연하게 생각하고 자꾸만 더 많이 가지기만을 원한다고 지적했다. 금융위기 때도 너도나도 그저 못살겠다, 죽겠다 엄살 부리는데 따지고 보면 우린 역사 이래 이만큼 잘산 적이 한 번도 없었노라고, 좀 초연하게 느긋하게 생각하면 좋겠다고 안타까워했다.

나 역시 겉이 풍요로워질수록 속은 비어 가는 걸 느낀다. 많이 먹을수록 먹고 싶은 것들이 늘어난다. 온갖 성인병을 앓으면서도 식탐을 끊기가 너무 힘들다. 요즘 엄마들도 겉은 나날이 세련되어 가는데 속은 갈수록 강퍅해지는 것만 같다. 내 아이 챙기기에 급급해 다른 아이들에게 눈길조차 주지 않는다.

하지만 내 아이 챙기는 데 발휘되는 모성조차 방향을 잃을 때가 많다. 악한 모성까지는 아니지만 맹목적인 모성을 모성의 본질인 줄 아는 엄마들이 너무 많다. '너를 사랑해서 그러는 거야'라는 구실로 아이의 뜻은 묵살한 채 자기 뜻대로 아이의 인생을 기획하려는 엄마들이 너무 많아져서 문제다.

급기야는 엄마가 원하는 성적에 미치지 못한다고 다 큰 아들을 잠도 못 자게 하고 야구방망이로 때리기까지 하던 엄마가 끝내는 폭발해 버린 아들의 손에 죽음을 맞은 비극적인 사건까지 일어났다. 그 엄마는 아마 죽는 순간에도 자신이 왜 그토록 사랑을 쏟아부었던 아들에게 참혹하게 살해당해야 했는지 이해를 못 했을 것 같다. 극단적인 예지만 방향 잃은 모성의 종착지를 확인한 것 같아 섬뜩해진다.

요즘 청소년 상담자들이 가장 충격 받는 건 겉으론 착하고 순종적으로만 보이는 아이들이 엄마가 자리를 뜨자마자 거의 모두 거침없이 상욕을 해 댄다는 사실이다. 엄마에 대한 사랑과 존경심 따위는커녕 인간에 대한 최소한의 예의도 갖추지 않는단다. 더욱 큰 문제는 아이들이 무슨 짓을 저지르든 공부만 잘해 주면 괜찮다고 생각하는 엄마들도 아주 많다는 현실이라고 한다. 심지어 아이가 이성친구와 성행위를 한 걸 알아도 성적만 떨어지지 않으면 스트레스 해소법쯤으로 용인한다고. 몽매한 건지 관대한 건지 잘 모르겠다. 문제청소년 뒤에는 반드시 문제부모가 있다는 게 전문가들의 공통된 의견이다. 그들은 문제청소년은 없다, 문제부모가 있을 뿐이라고 단언한다.

부모에 의한 아동학대가 점점 늘어나는 추세다. 그러나 그런 부모들은 대부분 아이의 버릇을 고쳐 주려고 벌을 주었던 거지 학대는 절대 하지 않았노라고 강변한다. 학대를 훈육의 한 방법이라고 믿는 것이다. 아이를 사랑하니까 매도 들고 굶기면서까지 가르치지 남이면 그러겠느냐고 오히려 화를 낸다. 그들은 모성이 무언지 모르는 부모들이다.

내 자식이 성공하기 위해선 남의 자식을 밟고 넘어가야 한다고 생각하는 부모도 모성을 잘못 이해하는 사람들이다. 진정한 모성은 남의 아이까지도 사랑할 줄 안다. 나아가 생명 있는 모든 것에까지 사랑의 영역을 넓혀 간다. 어머니들이 아버지보다 훨씬 더 전쟁을 미워하고 평화를 사랑하는 성향이 강하다. 바로 그게 모성이다.

세상 모든 엄마들의 모성이 보다 넓어지고 깊어질 때 우리가 사는 세상은 한결 살기 좋아질 거라고 확신한다. 모성도 연습이다. 노력한 만큼 커진다.

아빠들이 달라졌다

요즘 내 또래들 모임에선 '아들 불쌍해서 죽겠다'는 하소연이 부쩍 늘어나는 중이다. 바로 얼마 전까지만 해도 예비시어머니의 입장에서 '아들 둔 죄인'이 화두였는데 그새 아들을 결혼시키고 손주들이 하나둘 태어나면서 하소연 콘텐츠가 달라진 것이다.

우리 또래는 남아선호사상이 위세를 떨칠 때 결혼한 여성들이다. 시댁을 하늘같이 모시고 남편을 주인 섬기듯 섬겨야 했다. '아들딸 구별 말고 둘만 낳아 잘 기르자'는, 마치 양성평등시대를 맞은 듯한 가족계획구호가 곳곳에 나부꼈지만 실은 반드시 아들을 낳아야 한다는 뿌리 깊은 관념을 벗어나지 못하던 시대였다.

정부시책에 충성하여 대개 둘을 낳고 단산한 우리 여고동창들 중에도 네다섯 아이를 낳은 다산여성들이 적지 않다. 아들을 낳을 때까지 낳다 보니 그렇게 된 것이다. 다행히도(?) 다섯 번째로 아들 낳기에 성공한 친구도 있지만 다섯까지 내리 딸만 낳은 친구도 여럿이다. 솔직히 별로 가까운 친구는 아니더라도 건너건너 그 소식을 들으면 '아이고, 어쩌나' 모두들 탄식했다.

그런데 그로부터 30년 정도 지나면서부터 상황은 역전되었다. 그때 아들 셋을 낳았다고 부러움을 받았던 나 같은 엄마는 이 세상 모든 엄마들이 동정하는 신세로 위상이 추락하고, 딸만 다섯을 낳았던 친구는 만인이 부러워하는 대상으로 바뀌었다. 대한민국, 정말 다이내믹 코리아다. 우리가 결혼할 무렵에는 우리의 친정어머니가 '딸 둔 죄인'으로 사돈댁 앞에서 허리를 굽혔다면 아들을 결혼시킬 무렵에는 '아들 둔 게 큰 죄야, 죄'라며 자조하게끔 되었으니.

내 또래 시어머니가 아들 둔 죄를 운운하는 가장 큰 이유는 여성의 지위가 놀랄 만큼 높아지고 젊은 여성들이 양성평등을 부르짖는데도 신랑 측에서 집을 마련해야 한다는 오래된 관행은 여전히 굳건하기 때문이다. 예전에는 딸 셋 시집보내면 기둥뿌리가 뽑힌다고 했지만 지금은 아들 하나 장가보내기 위해 부모의 노후를 희생해야 한다.

물론 말로는 모두 본인들이 신혼집을 마련해야 한다고 하지만 현실이 녹록지 않다는 걸 모르는 이도 없다. 결국 다락같이 치솟은 전세금을 도와주기 위해서는 은행 빚을 내야만 하는 부모가 대부분이지 않는가. 허리가 휘는 출혈을 감수했음에도 집을 사 주지 못했다고, 또 변두리에 전셋집을 구해 주었다고, 또 평수가 너무 좁다고 며느리에게 미안해서 쩔쩔매야 하는 시어머니들이 우리 세대 여성들이다.

그래도 워낙 결혼을 하지 않으려는 젊은이들이 넘치는 세상에서 그나마 결혼을 해 주었으니 아들 며느리가 얼마나 고맙냐고 스스로를 위로하는 시어머니들이다. 신혼집에 놀러 갔다가 아들이 부엌에서 붙어사는 모습에 억장이 무너졌다는 시어머니도 있지만 그래도 요즘 젊은 부부들은 다 그렇게 하는 모양이라고 튀어나오려는 잔소리를 억누른다. 하지만 해도해도 너무 하는 것 같다, 요즘 같은 저출산시대에 금방 손주를 보게 해 준 건 정말 고마운 일이지만 어찌 되었든 아들이 불쌍해서 못 보겠다는 게 그들의 불만 섞인 하소연이다.

아들이 불쌍한 이유는 백만 가지도 넘는다. 들은 대로 대충 열거하자면 이런 불만들이다. 우리 때는 산부인과에 남편과 동행한 적이 없었는데 요즘 애들은 왜 바쁘게 일하는 남편을 불러 꼭 같이 가야 하느냐, 조리원에서도 친정엄마와 지내는 것이 훨씬 나을 텐데 왜 아무것도 모르는 남편을 불러다 밤잠을 설치게 하느냐, 집에 와서도 왜 사사건건 남편을 종 부리듯 하느냐, 뭐 갖고 와라 이거 해라 저거 해라, 도대체 친정엄마는 어디다 쓰려고 신줏단지 모시듯 하고 비싼 돈 들인 도우미아줌마는 멀거니 놀게 만드느냐, 더 기가 막히는 건 손주가 딸인데도 아빠한테 기저귀를 갈게 하는 거야, 이런 몰상식이 어디 있어? 요즘 젊은 여자애들 뭘 배우고 자랐는지 모르겠어, 아이고, 시키는 대로 하는 아들놈이 바보지.

지난 주말에 애들이 놀러 왔는데 기가 막히더라고, 아들놈이 애를 가슴띠로 안고 기저귀가방까지 들었더라니까, 에미란 애는 지가 무슨 아가씨라고 한껏 높은 구두에 핸드백 하나 달랑 들고, 그 꼴을 보니 피가 거꾸로 솟더라니까, 내가 그 꼴 보려고 아들을 공들여 키웠냐고, 그렇다고 뭐라고 할 수도 없고, 속상해하면 뭐 해, 다 아들 낳은 죄지.

푸념에 지쳤는지 갑자기 나한테 화살이 날아왔다. 자, 아들을 셋씩이나 키운 우리 여성학자님은 어떠신가? 공식성 멘트 말고 솔직하게 말해 보라고.

여성학자라는 이름 덕분에 난 동네북이다. 딸 엄마들은 나한테, 아니 수십 년 동안 여성운동 한다더니 왜 똑똑했던 우리 딸, 아이 낳고 집에 들어앉아야 하느냐고 들이대고, 아들 엄마들은 왜 여성들 기만 세워 주고 우리 아들은 불쌍하게 만들었냐며 들이댄다. 양쪽에서 공격받는 내 신세가 처량하다. 그렇다고 하소연할 데도 없다. 아무튼 딸 엄마들 공격에는 할 말 없지만 아들 엄마들 공격에는 나도 하고 싶은 말이 넘쳐 난다.

시어머니 티 그렇게 팍팍 내야 직성이 풀리냐, 이러니 요즘 세상에도 며느리들이 방송에 나와 매운 시집살이 호소하고 '시'자 미워서 시금치도 안 먹는다지 않느냐, 우리 아들들도 상황이 똑같은데 난 불쌍하다는 생각이 눈곱만큼도 들지 않는다, 보기 좋기만 하다, 우리네 남편들이 집안일과 육아를 외면하고 살았다고 아들들도 그래야 한다고 생각하면 정말 시대착오적인 발상이다, 남자랍시고 돈 벌어 준다고 큰소리 탕탕 치며 바깥으로만 돌았던 그 남편들 지금 신세가 어떻게

아이를 먹이고 씻기고 입히고 책을 읽어 주고
함께 공을 차는 일은 휴식이 필요한 아빠들에게
약간 귀찮은 과제로 다가오기도 하지만,
그보다 아이와 체온을 나누고 눈을 맞출 수 있는
특별한 시간이란 점에서 커다란 축복이다.

됐냐, 할 줄 아는 것 하나 없이 완전 생활무능력자 사회부적응자로 노년을 맞지 않았느냐, 아이들도 아버지라면 그저 어려워하고 슬슬 피하고, 평생 아이들하고 대화를 해 봤어야지, 엄마가 먼저 죽으면 자식들이 찾아오지도 않는다더라, 아들도 그렇게 살기를 바라냐.

집안일과 육아에 적극 참여하는 아빠들이 불쌍한 게 아니라 바깥일이 너무 바빠 그럴 기회를 빼앗긴 아빠들이 불쌍하다. 아이들에게 아빠는 나를 보살펴 주고 함께 놀아 주는 친구 같은 사람이 아니라 '돈만 벌어 오는 사람'으로 비치니까.

아이를 먹이고 씻기고 입히고 책을 읽어 주고 함께 공을 차는 일은 휴식이 필요한 아빠들에게 약간 귀찮은 과제로 다가오기도 하지만, 그보다 아이와 체온을 나누고 눈을 맞출 수 있는 특별한 시간이란 점에서 커다란 축복이다. 이런 과정을 통해서 아이와의 소통이 자연스레 이루어지고 친밀감이 차곡차곡 쌓이는 것이다.

며느리에게 볼일이 있어 아들 혼자 아이들을 데리고 우리 집에 놀러 올 때가 간혹 있다. 아직 기저귀를 차고 있는 손녀가 응가를 하자 아들은 지체 없이 기저귀를 갈아 주고 씻긴 후 로션을 발라 준다. 너무 익숙하게 해치워서 할머니가 나설 틈이 없다. 아이 셋을 키우는 동안 단 한 번도 기저귀를 갈아 준 적이 없었던 할아버지는 약간 놀란 것 같았는데 나는 너무 기특해서 눈물이 날 뻔했다.

밥을 먹을 때도 감동의 순간은 재현된다. 아이들이 고기를 먹다가 질기다며 불평하자 아빠가 손바닥을 펴서 그 위에 먹던 것을 뱉어 내게 하더니 자기 입으로 털어 넣는다. 왕년에 나도 그랬지만 난 엄마가 아닌가. 이 젊은 아빠는 아이가 바닥에 떨어뜨린 음식도 냉큼 주워 먹는다. 이 얼마나 아름다운 광경인가.

추석에 온 식구가 모여 늦은 아침을 먹으면 설거지는 으레 아들들 차지다. 대충 정리를 마친 후에는 아들들이 제 아이들을 데리고 학교 운동장으로 향한다. 그사이 세 며느리들은 시아버지와 함께 카드놀이를 하는 게 우리 집 명절 풍속도이다. 난? 카드놀이에 취미가 없다. 그렇다고 아이들을 따라 나가지도 않는다. 소파에 길게 누워 TV사냥을 한다.

아들들이 안됐다고? 그래도 난 며느리들이 불쌍하다. 아무리 아빠들이 도와준다고 해도 그건 어디까지나 '도와주는' 차원일 뿐 모든 가사와 육아의 책임은 여전히 엄마들 몫이다. 우리 아들들은 결혼하고 아이를 낳았어도 자신이 하던 일을 중단하지 않았다.

며느리들은, 그랬다.

그러므로 아빠의 육아참여는 의무가 아니라 권리이다.

워킹맘 vs 전업맘

'워킹맘, 힘들어도 너무 힘들어.'

일하는 여성을 위해서라기보다 너무 낮은 출산율을 높이기 위한 '일, 가정 양립을 위한' 정책들이 쏟아지고 있지만 워킹맘들의 고통은 좀처럼 줄어들지 않는다. 최근 여성신문사에서 조사한 워킹맘 고통 지수에서도 워킹맘들은 일과 가정을 양립한다는 것이 너무 힘들다고 호소했다.

워킹맘을 가장 힘들게 하는 문제는 예상한 대로 육아였다. 법이 보장하는 대로 맘 놓고 육아휴직을 할 수 있는 직장도 드물거니와 복직하고 싶어도 아이를 맡길 데가 마땅치 않아 결국 사직서를 내는 여성들이 대부분이다. 통계상으로도 30대 여성의 취업률이 가장 낮은 것으로 나타난다. 기업에서는 이런 여성들을 '먹튀'라고 부르면서 여성의 직업의식을 싸잡아 비난하기도 한다.

요행히 아이를 맡아 줄 어린이집이나 육아도우미를 만나 복직할 수 있었던 워킹맘들도 매시간 마음을 졸이며 살아야 한다. 아이가 감기라도 들면 어린이집에 보낼 수 없다. 병원에도 데려가야 하고 24시간 보살펴야 하는데 마땅한 도우미를 찾기가 만만치 않다. 대개는 친정어머니나 시어머니에게 SOS를 치지만 너무 멀리 떨어져 살거나 몸이 불편한 경우 그것도 불가능하다. 파출도우미나 입주도우미에게 아이를 맡겨도 마음을 놓을 수 없다. 언제 비상사태가 발생할지 모르기 때문이다. 파출도우미가 별안간 몸이 아프다며 늦게 출근하는 날도 많고, 일이 너무 고되다며 입주도우미가 갑자기 그만두겠다고 선언하는 순간이 언제 올지 모른다.

내가 육아문제로 워킹맘에서 전업맘으로 전직하던 40년 전에 비해 여성에 대한 법과 정책은 엄청나게 달라졌지만 워킹맘의 고민과 고통은 거의 그대로다. 뇌과학자이던 나의 큰며느리도 미국에서 귀국한 후 2년 동안 일과 육아의 양립을 위한 처절한 고투 끝에 결국 연구소 일을 그만두었다. 내가 보기엔 신기하리만치 실험과 연구를 좋아하는 뛰어난 여성과학자의 어쩔 수 없는 선택이었다. 여기에는 우리 사회 비정규직 연구자의 낮은 처우도 한몫했지만. 참으로 안타까웠다. 그렇다고 시어머니인 내가 육아를 맡아 주겠다고 선뜻 나설 순 없었다. 내 일도 있지만 체력적으로 엄두가 나지 않았다.

물론 40년 전에 비해 사회에 참여하는 여성의 수는 비교할 수 없을 만큼 늘어났고 각종 고시에 합격하는 여성들, 대기업 여성임원들이 나날이 늘어 일부 남성들의 원성을 들을 정도다. 일각에서는 한국은 이미 여성상위시대에 들어섰다고 단정하기도 한다. 그러나 눈에 보이는 것이 다가 아니다. 이른바 눈에 띄게 성공한 여성들, 소위 알파우먼들은 전체 여성에 비하면 극소수일 뿐이다.

남성과 대등한 교육을 받은 고학력 여성들의 대부분이 능력을 발휘하기도 전에 육아에 발목을 잡혀 주저앉는다. 더 큰 문제는, 언제일지 모르지만 아무튼 미래에 보육정책이 완비되어 맘 놓고 아이를 맡길 곳을 쉽게 구할 수 있게 되더라도 여성이 선뜻 일하러 나가지 못하게 하는 걸림돌들이 도처에 숨어 있다는 점이다.

대표적인 것이 '적어도 생후 3년간은 꼭 엄마가 키워야 한다'는 육아전문가들의 이론과 그 이론의 신봉자들이다. 얼마 전 어느 유명한 스님은 맞벌이 엄마는 새벽에라도 아이들과 함께 놀아 주라고 말했다가 워킹맘들의 십자포화를 받고 급히 사과한 적도 있었다. 내 나름의 해석으로는 그 이론이 엉터리라는 것이 아니라 워킹맘들의 아픈 곳을 찔렀기 때문이다. 우리 사회의 지속적인 발전을 위해서는 여성들의 사회참여가 필수적이라고 주장들 하면서 적어도 3년은 아이 키우기에만 집중하라는 이율배반적인 요구 사이에서 워킹맘들은 마음 편할 날이 없다.

대부분의 워킹맘들도 경험상 생후 3년의 중요성을 절실히 느끼는 게 사실이다. 전문용어를 빌리자면 원만한 애착관계를 형성하기 위해서다. 세 살 즈음이면 어느 정도 말이 통하기 때문에 엄마가 떠나도 심한 분리불안을 겪지 않기 때문이다. 그러나 3년의 휴직을 허용하는 직장이 어디 있으며 직종에 따라서는 3년이 천 년처럼 변하는 곳도 있다. 3년 후에는 스스로 자신감을 잃고 물러날 수밖에 없다. 그것이 워킹맘의 현주소다.

늘 마음을 졸이면서 보육기간을 무사히 끝마친 워킹맘들이 '드디어 고생이 끝났다'고 선언할 수 있다면 얼마나 좋을까. 하지만 이제부터 무시무시한 교육전쟁이 워킹맘들을 기다리고 있다. 아이의 교육 때문에 시시때때로 좌절감을 느끼는 순간마다 워킹맘들은 사직서의 유혹을 강력하게 받는다.

혹시라도 도움을 받을 수 있을까 싶어 절박한 심정으로 전업맘들에게 접근해 보기도 하지만 전업맘들은 차갑게 등을 돌린다. 워킹맘은 전업맘이 부럽고 야속하다.

'당신은 행복하십니까.'

처음부터 전업주부였든 육아 때문에 일을 그만둔 여성이든 대한민국 전업맘들 중 이런 질문을 받고 '그럼요'라고 자신 있게 말할 수 있는 이가 과연 얼마나 될까. 얼마 전 진담인지 농담인지 '강남의 중형아파트에서 돈 잘 버는 남편, 그리고 아이 셋과 함께 사는 예쁘고 날씬한 주부'가 대한민국 여성들의 로망이라는 이야기가 떠돌았다.

이상형을 묻는 질문에 너나없이 '현모양처'를 꼽던 내 세대를 지나

한때는 '일과 가정에서 둘 다 멋지게 성공한 슈퍼우먼'이 모든 여성의 목표이더니 또 잠깐 사이 아이 셋을 낳아 키울 만한 경제력을 갖춘 '여유 있는 전업주부'가 제일 부럽단다. 여유롭게 헤엄치는 우아한 백조(슈퍼우먼)들의 고단한 물밑 노동을 모두가 알아 버렸나 보다.

하지만 그 '여유 있는 전업주부'도 마음 편하게 사는 건 아니다. 학력이 성공과 별 상관이 없는 소위 금숟가락을 물고 태어난 상위 1퍼센트의 부자라면 몰라도 그들도 대부분 자녀교육에 관한 한 모든 전업맘들과 똑같은 불안을 안고 산다.

워킹맘들이 시시때때로 '아이도 제대로 못 챙기면서 무슨 영광을 보겠다고 이 고생을 하나'라는 회의에 젖는다면 전업맘들은 '돈도 못 벌면서 아이도 제대로 챙기지 못하니 이게 무슨 꼴인가'라고 자책한다. 전업맘은 워킹맘이 부럽고 안쓰럽다. 아이를 맡길 데가 없어서, 혹은 아이를 키우고 싶어서 전업맘이 되었지만 20년 이상 배워 온 것을 마냥 썩히는 것만 같아 아깝다. 또 날마다 매스미디어를 장식하는 멋진 커리어우먼들의 활약상을 보고 있노라면 같은 여성으로서 대견하다는 생각과 동시에 나는 이게 뭔가 하는 자격지심이 든다.

그래서 그 여성들의 신상정보가 궁금해진다. 특히 아이들이 있는 경우 어떻게 키웠으며 어떤 학교에 다녔는지에 대한 관심이 많다. 전적으로 맡아 키워 준 사람(대부분은 친정어머니)이 있었다는 내용을 확인하면 '그럼 그렇지'라며 마음이 편해진다. 나도 그런 사람이 있었다면 지금처럼 살진 않았다는 자기 위안 덕분이다.

아이를 거의 방치하며 일을 계속했다는 여성의 스토리를 들을 때면, '그 애들에게 틀림없이 문제가 있을 거야'라고 넘겨짚는다. 그러다가 열악한 환경에서도 아이들이 모두 잘 컸으며 심지어는 지금은 모두 엄마를 매우 사랑하고 존경한다는 대목에 이르면 걷잡을 수 없는 질투심이 생기기도 한다. 사회적으로 성공하는 여성이 늘어날수록 전업맘의 상대적 박탈감도 함께 커진다. 모두 앞으로 달려가는데 자신만 자꾸 뒤처지는 느낌이다. 그리하여 전업맘은 마음을 다잡는다. 아이 키우려고 내 일을 포기했으니 반드시 아이를 보란 듯이 키워 내겠다고. 나의 모든 것을 바치겠노라고.

우리나라의 과도한 교육열을 걱정하는 전문가들 중에는 전업맘이 사라져야 교육문제가 해결된다고 주장하는 이들도 드물지 않다. 전업맘이 아이에게 올인하는 까닭에 사교육이 갈수록 번창하고 각종 교육비리가 지속된다는 것이다. 전업맘들로선 억울하기 짝이 없다. 전업맘이 보기에 사교육을 번창시키는 주범은 오히려 워킹맘이기 때문이다. 워킹맘은 아이를 돌보지 못한다는 죄책감을 아이에게 돈으로 보상하려는 심리가 있다는 것이다. 학교에서 엄마들에게 맡겨지는 여러 가지 귀찮은 일은 바쁘다는 핑계로 모른 척하다가 아쉬울 땐 접근하는 워킹맘, 전업맘은 그들이 조금 안쓰럽지만 얄밉다.

워킹맘과 전업맘은 적일까.

Chapter 5

다시 아이를 키워도 변하지 않을 것들

아이만의 장점을 찾아서 칭찬하고 키워 줘라

내 아이 셋을 키울 때도 느꼈던 거지만 손주들 다섯이 노는 모습을 보고 있으면 '사람은 정말 다 다르구나'를 새삼 느끼게 된다. 그리고 '모든 사람은 다 독특한 존재'라는 낡은 명제를 재확인하게 된다.

아이들의 독특함이 가장 두드러지는 부분은 뭐니뭐니 해도 달라도 너무 다른 식성인 것 같다. 분명 같은 부모 밑에서 나왔고 같은 엄마가 같은 음식으로 먹여 키웠는데 형제의 식성이 완전 반대인 경우를 보면 신기하다. 나도 첫째는 이유식을 먹일 당시 그때 한창 유행이던 미제 베이비푸드를 날름날름 잘도 받아먹어 속으로 가계부를 걱정하기까지 했는데, 둘째는 한 입 먹어 보기도 전에 냄새만 맡고도 혀끝으로 밀어내며 강력하게 저항했다. 이 비싸고 영양가 높은 베이비푸드를 거부하다니 안타깝고 괘씸해서 코를 막고 억지로 삼키게 했더니 이내 어제 먹은 젖까지 몽땅 토해 내서 날 항복시키고야 말았다. 둘째가 좋아한 이유식은 언제나 된장국에 만 밥이었다. 셋째는 형들이 맛없다고 남긴 음식도 행복한 표정으로 냉큼 먹어 치웠다.

큰애네 큰놈은 올해 초등학교 입학생인데 식성이 완전 토종 웰빙식이다. 가끔 큰애네 식구들과 함께 교외로 나가 외식을 할 때 메뉴판에서 손두부나 도토리묵 같은 토종음식을 발견하면 그렇게 반가워할 수가 없다. 또 하나, 네 살 때부터 생선회를 먹기 시작했으니 그것도 놀랍다. 그냥 장난조로 익히지 않은 물고기인데 어디 한번 먹어 보겠냐고 떠봤을 뿐인데 이게 웬일, 부드러운 게 아주 맛있단다. 큰놈은 평소 간식도 사과나 귤 같은 과일이나 손대지 사탕, 과자, 초콜릿 따위에는 눈길도 주지 않는다. 다른 아이들이 눈앞에서 아무리 맛있게 먹어도 휩쓸리지 않는다. 반면 둘째놈은 빵, 케이크, 찹쌀떡, 사탕 등 단 것이라면 환호하며 달려든다. 엄마가 아침을 간편하게 빵으로 차리고 싶어도 큰놈 때문에 꼭 밥도 함께 준비해야 하니 오히려 일이 두 배로 늘어난다고 푸념한다. 하긴 제 아빠도 반드시 밥을 먹어야 한단다.

막내네 큰놈은 아기 때부터 브로콜리를 너무 좋아해서 내가 '쟤는 브로콜리 CF모델로 나가면 대박일 텐데 왜 섭외가 안 들어오지?'라면서 농담을 하곤 했다. 아무리 엄마가 아기 때부터 자주 먹여서 길들여졌다곤 하지만 아기가 어떻게 그 밍밍한 맛을 좋아하는지 참 알고도 모를 일이다. 그러더니 둘째는 또 고사리라면 사족을 못 쓴다. 애초에 엄마가 '고기야, 고기'라고 속임수를 쓴 덕분이기도 했지만 아기가 무슨 맛을 느끼길래 그토록 좋아하는지 모르겠다. 네 살이 된 지금도 고사리를 가리키며 고기 달라고 한다. 우리 아이들은 어른이 되어서도 무슨 맛으로 먹냐며 얼굴을 찌푸리는데.

가장 어린 둘째네 딸내미는 세 돌도 안 된 지금 사촌 오빠 언니들 저리 가라 할 만큼 대식가다. 우리 집에 오면 밥과 과일을 듬뿍 먹고 나서도 냉장고를 열어 요구르트를 달라고 하는가 하면 부엌 구석구석을 뒤져 간식 좋아하는 할머니가 숨겨 놓은 먹을거리를 잘도 찾아낸다. 마땅한 먹을거리가 없으면 식탁 위에 놓인 딱딱한 호밀식빵 한 조각이라도 뜯어 먹어야 흐뭇한 표정이다. 둘째며느리는 딸의 식탐을 자극하는 시어머니가 원망스러운 눈치지만 식빵 한 조각을 먹으면서도 세상을 다 가진 듯한 손녀를 보는 재미가 굉장하다.

식성이 다른 만큼이나 성격도 다 다르다. 과묵한 아이, 재잘거리는 아이, 짜증 잘 내는 아이, 잘 웃는 아이, 쉴 새 없이 움직이는 아이. 그런가 하면 양보 잘 하는 아이가 있고 절대로 양보 안 하는 아이도 있다. 누가 웬만큼 집적거려도 대응을 안 해서 대범한 건지 둔한 건지 구별이 안 되는 아이가 있고, 놀다가 실수로 건드렸는데도 금방 삐치는 아이도 있다. 엄마가 잠깐만 자리를 떠도 금세 알아채는 아이가 있는가 하면 놀 때는 엄마 따윈 까맣게 잊어버리는 아이도 있다. 도대체 겁은 어디다 두었는지 아무리 높은 곳이라도 척척 기어오르는 아이가 있는가 하면 위험하다 싶은 곳은 손을 잡아끌어도 뒷걸음치는 아이도 있다. 할머니 집에 놀러 올 때마다 자고 가겠다고 떼쓰는 아이,

자고 가랄까 봐 얼른 신발부터 찾아 신는 아이 다 각각이다.

재주는 또 어떤가. 학교도 들어가기 전에 책을 사면 집에 갈 때까지 기다리지 못하고 앉은 자리에서 몽땅 읽어 버리는 아이가 있고, 나이에 비해 꽤 난이도가 높은 조립식 장난감을 몇 시간씩이고 집중해서 주무르다가는 결국 완벽하게 맞춰 내고서야 자리에서 일어나는 아이가 있다. 긴 노래도 금방 따라 부르는 아이가 있고 유연한 동작으로 춤을 멋지게 추는 아이, 그림을 기가 막히게 그리는 아이, 이야기를 끝도 없이 지어내는 아이가 있다. 모두가 타고난 재주들이 있다.

예전에 아이가 셋 있다고 말하면 처음 만나는 사람들도 망설임 없이 물어봤더랬다. 셋 중에 어떤 아들이 제일 엄마 맘에 드냐고. 별걸 다 물어보네 싶어 내키지 않았지만 워낙 남의 기분을 망치지 않으려고 애쓰는 성격이라 어쩔 수 없이 다 똑같이 맘에 든다고 말하면 손가락도 길고 짧은 게 있는데 공평한 엄마인 척 얼버무리지 말고 솔직히 대 보라고 집요하게 추궁들 하곤 했다.

요즘도 그런 질문을 하는 사람들이 꽤 있다. 손주가 다섯이라고 하면 대뜸 어떤 손주가 제일 귀엽냐, 또 누가 제일 마음에 드냐고 묻는다. 다 마음에 든다고 대답하면 에이, 아무래도 장손(참으로 고색창연한 단어다)이 제일 마음에 들 거라고 맘대로 결정한다. 때로는 요즘엔 딸이 더 좋은 세상이니 손자보다 손녀가 더 귀여울 게 뻔하다고 나름대로 넘겨짚기도 한다. 도대체 그런 걸 확인해서 뭘 하겠단 건지 그제나 이제나 쓴웃음이 나온다. 왜 우리나라 어른들은 무엇에나 서열을 매기고 싶어 하는 것일까. 나중에 내가 죽은 후 손주들을 만나서 니네 할머니가 누구누구를 제일 예뻐했단다라고 말해 주고 싶은 걸까. 그럴 기회는 백 퍼센트 오지 않으련만.

사람이 다른 사람, 그것도 아주 가까운 사람에게 비교당하는 것처럼 기분 나쁜 경험은 또 없을 거다. 나 어렸을 때도 웬만한 꾸지람은 다소곳이 받아들였지만 다른 형제들하고 비교하는 말에는 부모님께 버럭버럭 대들었던 기억이 난다. 오빠는 오빠고 나는 난데 왜 비교하냐고. 아버지는 계집애가 저런 성질머리를 갖고는 시집가서 사흘 만에 쫓겨 올 거라며 노발대발하셨다. 결혼하고 나니 이번에는 시어머니가 일 잘 못하는 막내며느리가 답답할 때마다 '넌 큰형(동서) 발뒤꿈치에도 못 따라간다'라며 혀를 차셨다. 하지만 아버지의 예상과는 달리 결혼할 때쯤엔 이미 성질머리가 다 죽어서 시어머니한테 대드는 건 꿈도 꾸지 못했다. 대신 속으론 단단히 결심했다. 난 아이들을 절대로 다른 형제와 비교해 가면서 기죽이지 않을 거야.

누구나 잘하는 게 있고 잘 못하는 게 있다. 적성에 맞으면 별로 노력하지 않아도 더 잘할 수 있지만 안 맞으면 아무리 노력해도 잘 안되기 십상이다. 애써도 잘 안되는 아이와 덜 애써도 잘되는 아이를 단순비교해서 '네가 노력을 덜 해서 그런 거야'라는 식으로 평가하고 닦달하는 건 어른들의 폭력이다. 아이인들 왜 잘하고 싶지 않겠는가. 아무리 노력해도 잘 안돼서 이미 스스로 좌절하고 있는 아이를 격려는 못 할망정 상처에 소금 뿌리는 짓들을 어른들은 아무렇지도 않게 저

애써도 잘 안되는 아이와
덜 애써도 잘되는 아이를 단순비교해서
'네가 노력을 덜 해서 그런 거야'라는 식으로
평가하고 닦달하는 건 어른들의 폭력이다.

지르고 산다.

우리나라 아이들에게는 공공의 적이 있다. 바로 엄친아(엄마 친구 아들), 엄친딸(엄마 친구 딸)이다. 엄마 친구네 아이들은 어쩌면 그리도 하나같이 착하고 잘생긴 데다 공부까지 잘하는지, 게다가 나중에는 취직도 잘하고 결혼까지 잘하는지.

물론 엄마들이 엄친아를 들먹이는 이유는 내 아이 기죽이려는 게 아니라 잘난 아이에게 경쟁심을 불러일으켜 심기일전하도록 자극하려는 것이다. 그러나 엄마의 소망은 희망사항일 뿐 아이의 발전과는 전혀 상관없기 일쑤다. 아이는 얼굴도 모르는 엄친아에게 막연한 적개심을 품거나, 아니면 기분이 더 나빠져서 차라리 포기해 버리거나, 아니면 엄마가 심심할 때 부르는 콧노래쯤으로 묵살해 버리거나 할 것이다.

걸핏하면 아이를 다른 형제나 친구네 아이와 비교하는 버릇은 백해무익한 행동이다. 그보다는 내 아이만의 장점을 찾아서 칭찬하고 키워 주는 것이 최선의 교육이다. 정 비교하고 싶다면 내 아이와 친구네 아이를 비교하지 말고 나의 육아법과 친구의 육아법을 비교해 볼 일이다. 생각만 해도 기분 나빠지겠지만.

강하면서 부드러운
아이로 키운다는 것

"할머니, 안녕하세요, 저 왔어요."

우렁찬 목소리로 현관에서부터 분위기를 제압하는 막내손녀, 머리끝부터 발끝까지 핑크색 일색이다. 핑크색 코트는 말할 것도 없고 핑크색 헤어밴드에 핑크색 양말, 핑크색 구두까지 완벽한 핑크 레이디가 나타나셨다. 번개맨에 뿅 가서 수시로 번개파워를 날리는 이 씩씩하고 용감한 세 살짜리 소녀, 번번이 언니 오빠들을 괴롭혀서 기피대상 1호로 떠오른 에너지 베이비는 왜 이토록 핑크색에 열광하는 걸까. 평생 핑크빛은 걸쳐 본 적도 없으며 입혀 본 적도 없는 할머니로서는 신기하기만 하다.

막내손녀보다 한 살 위인 큰손녀는 체격도 여리여리한 데다 얼굴도 자그맣고 뽀얀, 누가 봐도 '아유, 예쁘기도 하지!'라는 감탄사가 절로 나오는 외모의 소유자라 걸음을 뗄 즈음부터 핑크빛을 유난히 좋아하기 시작했을 때도 아주 자연스럽게 보였다. 그런데 막내손녀는 날 때부터 우람한 체구를 자랑하더니 핑크빛 머리띠를 둘러 줘도 보는 사람마다 '하, 그놈, 장군감이네'라고 해서 제 엄마를 당혹스럽게 만들던 아이였다.

나는 남자애들만 키워 봤기에 아들딸이 다 있는 친구들이 '남자애하고 여자애는 태어날 때부터 달라. 좋아하는 장난감, 색깔, 먹성, 성격이 그렇게 다를 수 없어'라고 말할 때마다 막연히 '그런가 보다'라고 생각했다. 그러면서 남자애들도 좋아하는 게 각기 다르던데 그런 차이는 남녀차이에 비하면 무시할 만큼 작은 건가라는 의문이 일기도 했다.

또 나이가 같더라도 아들만 둔 엄마와 그렇지 않은 엄마는 한눈에 표가 난다는 말도 있다. 아들 엄마들이 훨씬 목소리가 크고 늙어 보인다는 것이다. 그만큼 남자아이, 그것도 둘 이상이면 딸만 있거나 아들딸 섞여 있을 때보다 엄마의 에너지 소모율이 크다는 것이 정설이다.

아들 셋 키우면 집안에 성한 가구가 없다는데 너희 집은 멀쩡한 걸 보니 엄마가 초장부터 아이들 기를 팍 눌렀나 보구나라며 칭찬인지 핀잔인지 모를 말을 들은 적이 여러 번이다. 그 말 속엔 아들들을 그렇게 얌전하게 키우면 안 된다는 경고가 숨어 있었다. 아이들 할머니도 생전에 '머스마들이 너무 용맹이 없어서…'라며 걱정하셨으니까.

아무튼 우리 아이들은 남자아이는 거칠다는 고정관념과 상당히

거리가 있었다. 그렇다고 내가 아이들 군기를 잡기 위해 특별한 방법을 쓴 것도 아니었다. 아이들은 원래 그렇게 타고났다. 하지만 얌전하다고 해서 성격까지 다 똑같은 건 아니었다. 화가 나면 왜 자기가 화가 나는지 또박또박 설명하는 아이도 있었고, 눈물부터 뚝뚝 흘리는 아이, 씩씩거리느라고 제대로 설명하지 못하는 아이도 있었다.

그러니 아들을 셋이나 키우면서도 남자아이는 어떻더라고 한마디로 표현할 수 없었다. 다만 아이들이 남자아이 같지 않게 얌전하다는 말을 자주 듣다 보니 속으로 혹시 나중에 사회생활할 때 너무 치이지 않을까 하는 걱정도 전혀 없진 않았다.

아이들을 다 키운 후 새로 여성학 공부를 시작했을 때 처음으로 여성주의적 심리학을 접하게 되었다. 여성학 자체가 나의 얄팍했던 지식체계를 완전히 뒤집는 학문이었기에 세상 모든 것을 새로운 눈으로 보게 만들었다. 그중에서도 여성심리학은 그동안 내가 얼마나 인간에 대해 모르고 살았나 뒤돌아보게 했다. 여성심리학을 가르치던 분은 나보다 10년이나 젊은 여성이었다. 그분은 미국에서 공부를 마치고 갓 귀국한 신진학자로 다리가 많이 불편했지만 가녀린 몸매에서 놀랄 만한 포스를 뿜어냈다. 특히 인상적이었던 건 뛰어난 유머감각과 호탕한 웃음소리였다. 그분의 수업시간은 내 굳어진 머릿속을 흔들어서 새로 구성하는 흥미진진한 시간이었다. 그 씩씩하고 아름다운 젊은 여성을 통해 내가 여성에 대해 갖고 있던 생각들이 산산이 깨져 나갔다.

뭐니뭐니 해도 가장 큰 수확은 여성은 태어나는 것이 아니라 만들어진다는 깨달음이었다. 물론 남자 역시 그렇다. 여성다움이나 남성다움은 생래적인 것이 아니라 문화적인 것이었다. 따라서 여성이 아이를 낳는다는 것 이외에 여성과 남성은 거의 다른 점이 없다. 그러니 원래부터 여성에게 맞는 일, 남성에게 맞는 일이 따로 없었던 거다. 여성이 남성보다 지능이 떨어진다는 것도 모두 만들어진 지식일 뿐이었다.

지금은 모두가 알고 있는 이 사실을 30년 전 처음 깨달았을 때 나는 나도 모르게 나를 가둬 놓았던 수많은 고정관념의 울타리를 벗어나 놀랄 만큼 자유로워졌다. 그 덕분에 난 한결 나 자신과 다른 사람들에게 너그러워질 수 있었다.

예전엔 쪼잔한 남자를 보면 '남자가 왜 저 모양이야'라며 비웃었고, 야망이 큰 여자를 보면 '여자가 저러면 큰일 나는데'라며 빈정거렸다. 얌전한 남자와 씩씩한 여자로 이루어진 커플을 만나면 속으로 '남자가 안됐다'며 쓸데없는 동정을 보내곤 했다. 남자는 남자다워야 하고 여자는 여자다워야 가장 조화로운 관계를 이룰 수 있다고 믿었다. 부끄럽지만 내가 생각한 그 조화로운 관계는 수평적인 관계가 아니라 수직적인 관계였다. 돈도, 지위도, 그리고 체력까지도 남자가 더 우세해야 된다는 믿음이었다. 그게 고정관념이라곤 꿈에도 생각지 못했다.

아이들을 키우면서 같은 형제간이라도 개성이 다 다르다는 걸 경험했지만 남녀관계에 대한 고정관념은 버리지 못했다. 뛰어난 여성은 질시했고 부족한 남성은 멸시했다. 나이 마흔에 이르러서야 그런 어리석음에서 벗어날 수 있었으니, 늦었지만 그나마 다행이었다.

반드시 여성운동의 결과만은 아니겠지만 여성들은 이제 금녀지역이라고 분류되었던 모든 직종에 거침없이 진출하고 있다. 직종에 따라 약간의 시차는 있지만 모든 영역에서 유리천장이 깨져 나가고 있다. 예전 같으면 사적 영역에서나 찬양받던 여성성이 모든 부분에서 강조되고 있다.

이런 시대에 손녀들을 관찰하면서 난 다시 의문이 생기기 시작했다. 여성성 남성성이 생물학으로 타고나는 것은 사실이 아니지만 그렇다고 순전히 문화적으로 형성되기만 하는 것도 아닌 게 아닐까. 왜 손자들은 핑크색이라면 질색인데 손녀들은 핑크색에 열광하는 걸까. 왜 손자들은 조립식 장난감을 선호하는데 손녀들은 공주인형만 보면 사 달라고 조를까. 엄마들이 일부러 골라 주지도 않는데 말이다.

겨우 손녀 두 명을 본 주제에 결론을 내 보려고 너무 서두르는 인상을 준 것 같다. 열흘 남짓 있으면 세 번째 손녀가 태어나니 샘플이 50퍼센트 증가하는 셈이다. 그때 다시 생각해 봐야지.

아무튼 남녀의 성차보다 개인차가 더 크다는 이론이 널리 알려지면서 어린이집이나 유치원, 초등학교 교실에서는 새로운 현상이 나타나고 그에 따른 갈등과 고민도 늘어나고 있다는 소식이 들려온 지도 한참 지났다. 한마디로 여자아이들이 너무 거칠어진 반면 남자아이들은 지나치게 주눅이 들었단다. 공부도 여자아이들이 훨씬 잘한단다. 어린이집에서 시작된 격차는 각종 고시에 이르기까지 모든 단계에서 나타난다.

여자아이 엄마들은 딸들에게 '남자애들에게 눌리면 안 돼. 남자애가 때리면 너도 같이 때려'라며 공부나 체력 면에서 남자아이들을 따돌리도록 적극 북돋아 줬고, 반면 남자아이 엄마들은 '여자애들이 때리고 꼬집어도 참아라, 넌 남자니까'라며 혹시 폭력성을 드러내지 않을까 주의를 준 것도 큰 몫을 차지하는 것 같다.

예전에는 딸들이 울고 돌아왔지만 요즘에는 아들들이 울고 들어온다고 아들 엄마들 걱정이 대단하다. 이러다간 일본처럼 초식남이 대폭 늘어날지 모른다는 걱정도 빠지지 않는다.

우리는 밍밍한 걸 견디지 못하는 민족인 모양이다. 뭐든지 화끈하길 바란다. 그래서 그런지 남성성과 여성성에도 양극화 현상이 일어나는 것 같다. 남성성과 여성성에도 긍정적인 면과 부정적인 면이 있게 마련이다. 긍정적인 것은 살리고 부정적인 것은 줄여 나가면 남자건 여자건 남성성과 여성성을 조화시킬 수 있다.

다시 말해서 남자아이건 여자아이건 강함과 부드러움을 함께 갖춘 인간으로 키워야 한다는 말이다. 강해야 할 땐 강하고 부드러워야 할 땐 부드러울 줄 아는 아이로.

그러나 여자애와 남자애에게 똑같은 장난감을 주어야 한다면서 여자애에게 일부러 장난감 무기를, 남자애에게 인형을 사 줄 필요까지는 없다. 아이가 좋아하는 장난감이면 그것이 무엇이든지 내버려 두는 것이 상책이다. 너무 폭력적인 것만 아니면.

핑크 좋아하는 우리 손녀들, 핑크 실컷 좋아해라, 언젠가 싫증날 때까지.

아이를
끝까지 믿어 줘라

<어린이 행복선언>

1. 마음껏 신나게 놀고 나면 행복해요. 놀 곳과 놀 시간을 주세요.

2. 포근하게 안아 주면 행복해요. 많이많이 안아 주세요.

3. 하늘을 보고 꽃을 보면 행복해요. 자연과 더불어 살게 해 주세요.

4. 맛있는 걸 먹을 때 행복해요. 좋은 먹을거리를 주세요.

5. 책을 읽어 줄 때 행복해요. 재미있는 책을 읽어 주세요.

6. 어른들이 기다려 줄 때 행복해요. 잘 못하고 느려도 기다려 주세요.

7. 제 말을 귀담아 줄 때 행복해요. 제 이야기를 들어 주세요.

8. 제 힘으로 무엇을 했을 때 행복해요. 저 혼자 할 수 있게 해 주세요.

9. 어른들이 행복해야 우리도 행복해요. 모두 함께 행복하게 해 주세요.

10. 다른 아이들이 행복해야 저도 행복해요. 모든 아이들이 저처럼 행복하게 해 주세요.

세상에, 이렇게 소박할 수가. 위의 열 가지 어린이 행복선언은 2012년 전국 각지에 있는 공동육아 어린이집에 다니는 아이들로부터 의견을 모아서 교사들이 정리한 것이다. 어른들의 눈으로 보면 소박하다 못해 싱겁기까지 하다. 도무지 '요즘 우리나라 아이들 맞아? 아니면 혹시 교사들이 지어낸 거 아냐?' 미심쩍기도 하다. 도대체 어떻게 된 게 어른들이 흔히들 짐작하는 것처럼 비싼 장난감을 사 달라거나 놀이동산에 데려가 달라거나 유명 메이커 아동복을 사 달라거나 특급호텔 뷔페를 가자거나 하는 요구는 하나도 없다.

물질이 넘쳐 나는 이 땅 이 시대에 저토록 기초적인 것들이 아이들의 행복조건이라니. 아이들은 다만 자연 속에서 신나게 놀 때, 어른들이 자신들의 말에 귀 기울여 주고 포근히 안아 주고 책을 읽어 줄 때, 그리고 어른의 도움을 받지 않고 혼자 힘으로 할 때 행복하다고 말한다. 그리고 자신들만 생각하는 게 아니라 다른 모든 아이들, 모든 어른들이 다 함께 행복하기를 바란다. 어찌 보면 애어른 같다.

요즘 우리 주위를 둘러보면 어른들을 위한 각종의 힐링 상품이 마치 봇물처럼 쏟아져 나오고 있다. 더 이상 이렇게 살면 안 된다라는 위기감이 갈수록 고조되고 있는 상황이니 그럴 만도 하다. TV 프로그램부터 책, 음악, 종교단체, 명상캠프 등 모두들 지치고 찢긴 영혼을 어루만져 주겠노라고 나선다.

약간의 차이는 있겠지만 그 모든 것들이 강조하는 최고의 처방은 '마음 비우기'가 아닌가 싶다. 당신은 이미 너무나 많은 것을 갖고 있는데도 더 갖고 싶다는 욕망 때문에 아프다. 외롭고 괴롭다. 행복은 다른 데 있는 게 아니라 바로 당신의 마음속에 있다. 그러니 진정으로 행복을 원한다면 당신 속의 욕망을 잠재우라는 주문이다. 마음 비운 곳에 행복이 채워지려니.

그러나 마음을 비우겠다고 마음먹기야 어려울 것 없지만 욕망은 이미 마음을 넘어 몸으로 체질화되어 버렸기 때문에 보통 사람들로서는 단숨에 비우기는커녕 아주 조금씩이라도 덜어 내기조차 지난한 작업이다. 그래서 우리는 진짜 종교인을 두고두고 존경하는 것이 아닐까. 한편으로는 욕망은 인간의 본능이기 때문에 떨쳐 낼 수 없다, 또는 욕망이야말로 이 팍팍한 현실을 헤쳐 나가기 위한 가장 기본적인 생존기술이라고 스스로를 합리화하며 우물우물 넘어가곤 한다. 그러곤 아이들의 행복선언에 의심의 눈길을 보내거나 아예 무시하려 든다. 요즘 아이들이 얼마나 영악한데, 저런 헛소리를 믿으라고?

하지만 겉으론 아무리 영악하게 보이더라도 아직 학교에 들어가지 않은 아이들이 바라는 것들은 대부분 이처럼 작고 소박하다. 아니 작고 소박하다는 표현은 맞지 않은지도 모르겠다. 바로 그 작고 소박한 행복을 얻기 위해 어른들이 무지 애쓰고 있지 않은가. 아무튼 그들의 행복은 돈의 액수와는 아무 상관 없다.

그런데 이 욕심 없는 아이들이 청소년기에만 이르면 완전히 다른 인간으로 변신한다. 최고급 스마트폰에 유명 메이커 다운재킷이나 운동화에 목을 맨다. 얼마 전 무려 40퍼센트의 청소년들이 '만약 10억이 생긴다면 1년 동안 교도소에 가도 좋냐'는 질문에 '예스'라고 대답했다는 뉴스를 듣고 어른들은 아연실색했다. 청소년들의 도덕 불감증과 물신주의가 이 정도인가, 걱정과 탄식의 목소리가 드높았다.

하지만 아이들의 맑은 마음을 흙탕물로 가득 채우게 만든 건 다름 아닌 그들을 욕하는 어른들이다. 그중에서도 가장 잘못한 사람은 말할 것도 없이 부모다. 아이들을 행복하게 만들고 싶은 부모의 욕심이 결국 아이들에게서 행복을 빼앗고 만 셈이다. 왜냐하면 부모가 행복이라고 생각하는 것과 아이의 행복은 달라도 너무 달랐기 때문이다.

부모는 아이의 행복을 위해서라면 자신의 모든 것을 희생할 각오가 되어 있다고 말한다. 하지만 부모가 말하는 아이의 행복은 아이의 입장에서 생각하는 행복이 아닐 경우가 대부분이다. 부모는 자신이 생각하는 행복이 진정한 행복인데 아이는 아직 어려서 그걸 모른다고 굳게 믿고 있다.

그렇다면 부모가 생각하는 행복은 무엇일까. 우린 어떻게 살아야 행복하다고 생각할까. 진부한 표현이지만 행복의 조건은 하나가 아니다. 건강과 가족, 친구, 일, 돈, 그 밖에도 다양하다. 문제는 다른 나라 사람들에 비해 우리나라 사람들은 그중에서도 유독 돈을 행복의 가장 필수적인 요소로 확신한다는 데 있다. 어렸을 때 '황금 보기를 돌같이 하라'는 노래를 듣고 자란 5,60대조차 노년에 들어서면서 노후 자금이 얼마나 있느냐에 따라 인생의 성패를 평가하니 그보다 젊은 세대는 오죽하랴. 인격이 아니라 돈격이 칭송을 받는 세상이 된 지 이

많은 아빠들이 아이와 놀아 주지 못한 것을
미안해하는 것이 아니라
돈을 더 많이 못 벌어서 미안해한다.
엄마들은 다른 일을 하느라고 아이에게
책을 읽어 주지 않은 걸 미안해하는 것이 아니라
더 비싼 장난감, 더 비싼 옷을 사 주지 못해서 미안해한다.

미 오래다.

많은 아빠들이 아이와 놀아 주지 못한 것을 미안해하는 것이 아니라 돈을 더 많이 못 벌어서 미안해한다. 엄마들은 다른 일을 하느라고 아이에게 책을 읽어 주지 않은 걸 미안해하는 것이 아니라 더 비싼 장난감, 더 비싼 옷을 사 주지 못해서 미안해한다. 아이가 조금 더 자라서 학생이 되면 그때부터는 더 많은 과외 더 비싼 학원을 못 시켜서 미안해한다. 부모가 돈이 많을수록 아이는 꼭 그만큼 행복해질 수 있다는 믿음에 꽉 사로잡혀서 행복의 다른 요소들은 존재조차 부인해 버린다.

왜냐하면 그들은 자신이 행복하지 않은 가장 큰 이유는 다른 친구들보다 돈이 없기 때문이라고 굳게 믿기 때문이다. 돈 많은 친구 앞에서 늘 주눅이 드는 그들은 아이들이 저보다 더 좋은 장난감을 갖고 비싼 옷을 입은 친구 앞에선 당연히 주눅이 들 거라고 짐작한다. 만약 아이가 아무렇지도 않아 보이면 그때는 또 아이가 저렇게 샘이 없어서 이 험한 세상을 어떻게 살아 나갈까 지레 걱정스럽다. 주눅 들면 자신이 못난 부모라는 생각에 속상하고 아무렇지 않으면 자식이 못나게 생각돼 속상하다.

걸핏하면 속상해하는 부모 때문에 아무렇지도 않았던 아이도 흔들린다. 초등학교만 들어가도 아이는 친구와 똑같은 운동화를 사 달라고 떼를 쓰게 된다. 아이의 요구는 부모가 감당 못할 수준까지 커지고 부모는 친구 탓, 있는 사람들 탓, 세상 탓을 한다. 돈이 없어 불행하다고 한탄하는 부모 밑에서 크는 아이가 인생의 목표를 오로지 돈 많이 버는 것에 두는 건 당연한 귀결이다. 하늘과 꽃과 친구만 있으면 행복했던 아이는 너무도 이른 나이에 돈의 신도가 되어 나머지 긴 인생을 걸어갈 것이다.

아이한테 세상물정을 빨리 익혀라, 그래야 남에게 뒤지지 않는다고 채근하는 대신 부모가 때로는 아이의 마음으로 돌아가 보는 연습을 해 보면 어떨까. 부모도 한때는 순수한 아이였던 적이 있지 않았던가.

아이들은 갈등하지 않는다,
다만 부모가 갈등할 뿐

아무리 '좋은 게 좋더라'는 세상일지라도 어떤 부모들은 고집스럽게 자기만의 '좋은 부모되기'를 택한다. 대다수의 부모가 그러듯이 '어쩌겠어요, 세상이 그런데' 하며 주저 없이 혹은 마지못해 주류를 따르는 대신 좀 힘들고 외롭더라도 대안을 찾아 나서는 부모들이 있다.

공동육아 어린이집에 아이를 보낸 부모들도 그런 고집쟁이들이다. 최근 들어 갑자기 저출산문제를 해결하기 위한 목적의 각종 보육정책이 쏟아져 나오면서 새로운 보육형태로서 공동육아란 단어가 보통명사처럼 사용되고 있지만 20년 전 공동육아 어린이집이 처음 문을 열었을 때만 해도 공동육아는 굉장히 낯선 단어였다. 어쩌다 말이 나오면 대부분의 사람들은 거기가 뭐 하는 데냐, 혹시 고아원이 아니냐고 물었다.

공동육아 어린이집은 당시 많은 어린이집들이 그저 일하는 엄마를 위해 아이를 맡아 주는 시간 때우기식 탁아나 아니면 경쟁위주 교육의 시발점 구실을 하는 데 실망한 부모들이 힘을 모아 직접 설립하고 운영하는 육아공동체이다. 목마른 자가 스스로 판 우물인 셈이다.

공동육아가 지향하는 목표는 '더불어 사는 세상, 함께 크는 아이들'이란 슬로건으로 요약된다. 한마디로 경쟁적인 육아방식을 지양하고 공동체적인 삶의 방식을 익히게 하는 것이다. 아이들의 자발성과 창의성을 키워 주는 데 주력하며 늘 자연과 함께 사는 법을 가르치고, 동시에 부모들도 육아에 적극적으로 참여하여 새로운 삶의 방식과 새로운 인간관계를 맺음으로써 공동체를 되살려 나가고자 하는 일종의 사회운동이다.

그래서 공동육아 부모들은 아주 고달프다. 다른 어린이집을 보낼 때보다 경제적으로 육체적으로 훨씬 부담이 크다. 일단 아이들에게 자연과 더불어 사는 법을 익히도록 하기 위해 꼭 마당이 있는 터전을 구해야 하는데 도시의 비싼 땅값 때문에 만만치가 않다. 나중에 아이가 나올 때 조합비를 돌려받긴 하지만 초기에 목돈을 투자해야 한다. 그 때문에 맞춤형 복지정책을 펴 나가겠다는 정부에 공동육아 부모들이 바라는 건 공공기관이 갖고 있는 유휴시설을 값싸게 빌려주는 것이다.

또 아이만 보내 놓고 부모는 몰라라 할 수가 없다. 모든 부모가 운영의 주체이기 때문에 적극 시간을 내서 참여해야 한다. 교사도 채용

해야 하고 함께 교과과정도 짜야 한다. 엄마만 참여해도 안 된다. 반드시 부부가 같이 참여해야 한다. 내가 만난 한 젊은 아빠는 일과 병행하기가 너무 힘들어 중간에 여러 번 포기할까 고민했다고 털어놓았다. 그러나 결국 다른 아빠들과 의기투합하는 즐거움에 끝까지 버텨 낼 수 있었다며 같은 방향을 바라보는 사람들과 만나는 그런 기회를 일생동안 어디에서 얻겠냐며 행복한 미소를 지었다.

그런가 하면 워킹맘으로 아이를 공동육아에 보냈던 한 여성은 어린이집에서 요구하는 부모의 참여수준이 너무 높아 결국 2년 만에 중도포기하고 말았단다. 그 엄마는 공동육아를 하려면 전업주부가 되어야 하는 게 아니냐, 일하는 엄마는 도저히 그렇게 많은 시간을 투여할 수 없다고 불만을 표했다.

그 엄마의 심정을 이해하지 못하는 건 아니었지만 난 이런 불만은 결국 공동육아를 기존의 어린이집과 뭔가 다른 새로운 육아의 한 방법으로만 받아들였을 뿐 부모가 함께 크는 하나의 생활양식으로 만들어가지 못한 데서 비롯된 것이 아닐까 생각한다.

그러나 뜻이 좋아 고달픔을 무릅쓰고 공동육아를 선택한 부모들이라고 해서 항상 꿋꿋하기만 한 것은 아니다. 현재까지 전국에 60여 개의 어린이집과 10여 개의 방과 후, 그리고 6개의 지역아동센터가 세워질 정도로 공동육아를 하는 부모들이 늘어나긴 했지만 전체 부모의 수에 비하면 아직은 극소수에 불과하다. 이웃이나 친척, 친구들을 만나 요즘 육아 트렌드를 듣다 보면 자기도 모르게 흔들릴 때가 있다. 모두들 세 살 때는 뭘 해야 하고 네 살 때는 뭘 해야 한다면서 선행학습 리스트를 줄줄이 읊어 댄다. 날이면 날마다 산으로 계곡으로 놀러 다니며 흙장난에 개구리알 채집이나 하는 내 아이를 생각하니 갑자기 불안감이 엄습한다. 내가 과연 아이를 제대로 키우고 있는 건가, 내 고집만 세우고 사는 건 아닌가, 이러다가 혹시 아이가 잘못되면 어쩌지, 아이가 커서 날 원망하면 어떡하지.

들리는 이야기도 많다. 공동육아로 큰 아이들은 제도교육에 적응 못 한다더라, 너무 개성이 강해서 친구들도 못 사귄다더라, 습관이 안 돼서 진득이 책상에 못 앉아 있는다더라, 버르장머리가 없어서 회사생활도 못 한다더라, 결국 제 밥벌이도 못하고 세상 변두리로 밀려나더라는 암울한 스토리다. 그러나 첫 번째 공동육아 어린이집을 졸업한 아이들이 이제 20대 초중반이라는 걸 기억한다면 이런 스토리에는 거품이 잔뜩 끼어 있다는 걸 쉽게 알 수 있다.

아무튼 공동육아를 하고 있는 많은 부모들이 공동육아 아이들이 그 후 어떻게 자라서 어떻게 살고 있는지 궁금해한다. 그들만이 아니라 교사들, 관계자들 그리고 공동육아를 하지 않는 부모들도 새로운 육아방식의 결과에 궁금해하기는 마찬가지이다. 이제 겨우 20대 초중반인 아이들에게서 그 결과를 확인하려는 것도 일종의 조급증일 테지만 그렇다고 인생의 후반부까지 기다려서 평가하는 것이 옳다는 생각도 일종의 편견이다. 우리의 삶은 미래만 중요한 게 아니라 현재도 똑같이 중요하니까.

그래서 전국에서 온 부모와 교사들이 한자리에 모이는 총회가 열릴 때면 가끔 '공동육아로 자라난 청년들'이라는 주제로 이야기마당이 펼쳐진다. 공동육아 어린이집과 방과후에서 자란 청년들과 교사가 함께 그때의 추억을 더듬고 오늘의 삶을 허심탄회하게 털어놓는 자리이다.

얼마 전 열린 이야기마당에는 네 명의 청년들과 한 명의 교사가 무대에 올랐다. 청년들 중 한 명은 대학에 안 가고 현재 목공일을 하고 있었으며 나머지 세 명은 모두 대학생이었다. 남자 두 명, 여자 두 명이었다. 교사는 머리를 뒤로 질끈 묶은 40대 남성.

청년들 모두 공동육아 어린이집의 가장 좋았던 추억으로 산과 들에서 뛰어놀던 경험을 꼽는 데 주저하지 않았다. 도롱뇽 알을 모으고 감자를 캐던 추억을 되새겼으며, 한 청년은 산에 갔다가 무덤가에서 뛰놀던 기억이 강렬하게 남아 있다고 했다. 청년들은 또 공동육아 방과후에서 경험했던 12일간의 자전거 여행, 지리산 종주, 풍물연습을 잊을 수 없다고 했다. 자전거 여행을 할 때는 친구들 스스로 경로를 정하고 식단도 짰는데 그 경험이 자발성과 창의성을 키우는 데 큰 도움이 된 것 같다고 자평했다.

그들은 어린이집을 마치고 일반학교에 들어갔을 때 처음에 한글을 못 깨치고 들어가 진도를 따라가기 조금 힘들었다는 것 외엔 큰 충돌은 없었으며 다만 다른 아이들과 놀이문화를 공유하지 못하는 점이 매우 아쉬웠단다. 다른 아이들은 인터넷 게임을 즐기는 거 외에 별다른 놀이를 해본 경험이 없었기 때문이다.

공동육아가 이후의 삶에 끼친 영향으로는 모두들 자신이 '마음이 열리고 귀가 열리고 자율적인 사람'으로 자란 것이라고 입을 모았다. 한부모가정에서 자란 한 여학생은 다른 모든 엄마들이 자신을 딸처럼 대해 주었기 때문에 상처를 받지 않고 자랐다며 엄마의 선택에 새삼 고마움을 느낀다고 말했다. 공동육아에서는 다른 아이의 엄마도 다 우리 엄마고, 친구들은 모두 다 형제였다는 청년들의 말에 나는 코끝이 찡해졌다. 아이들은 모두 이렇게 자라나야 하는 게 아닌가.

청년들은 또 공동육아에서 경험한 끊임없는 토론을 통해서 우리 삶은 우리가 선택할 수 있다는 걸 은연중에 알게 되었으며 그런 경험들이 살아가면서 힘든 시간을 만났을 때 큰 힘이 되는 것 같다고 말했다. 그들은 공동육아에서 자란 친구들 모두 즐겁고 행복하게 살고 있다고 총회에 모인 많은 부모들에게 자신 있게 전했다.

오랫동안 공동육아에서 아이들과 함께 지낸 교사는 '아이들은 갈등하지 않는다. 다만 부모가 갈등할 뿐'이라는 명쾌한 결론으로 이야기마당을 마무리했다. 아이들이 혹시 세상과 충돌하더라도 감정을 숨기고 조용하게 살다가 폭발하는 것보다 훨씬 건강한 표시이므로 걱정할 게 없다는 의미였다.

공동육아로 자란 청년들을 만날 때마다 나는 싱싱한 기를 받는 기분이다. 그들은 어린 나이에 이미 어떻게 살아갈 것인가에 대한 확실한 신념을 갖고 있으니 이보다 더 좋을 수가 있을까. 그들의 얼굴에는

어쩌면 공동육아를 했기 때문에
아이들이 잘 자란 것이 아니라
이렇듯 원래부터 느긋한 엄마 덕분에
아이들이 잘 자란 것이 아닌가 싶다.

남이야 뭐라고 하든 당당하게 자신의 행복을 찾아갈 수 있다는 자신감이 묻어난다.

딸과 아들을 모두 공동육아로 키워 낸 한 엄마는 고등학생인 아들이 못 말리는 사고뭉치이지만 큰 걱정은 하지 않는다고 했다. 적어도 내 인생은 내 꺼라는 신념만은 확고하기 때문이란다. 어쩌면 공동육아를 했기 때문에 아이들이 잘 자란 것이 아니라 이렇듯 원래부터 느긋한 엄마 덕분에 아이들이 잘 자란 것이 아닌가 싶다.

공동육아가 생길 때부터 주변을 기웃거리다가 어쩌다 이사장이란 감투를 쓴 지도 여러 해가 지났는데 손주들 중에 아무도 공동육아를 하는 아이가 없어서 속으로 조금 아쉬웠다. 자식들도 다 생각이 다른 법이고 그렇다고 손주들을 내 맘대로 이래라저래라 할 수도 없는 일인데다 또 들어가고 싶은 아이가 있어도 여건이 맞지 않았기 때문이었다.

그러다 드디어 올봄 큰애네 둘째가 공동육아에 들어갔다. 한 아이만이라도 공동육아로 키우고 싶은 욕구가 워낙 강했던지 무리를 해서 이사까지 감행했으니 맹모가 따로 없다. 아직 얼마 안 됐지만 손자는 일단 산으로 계곡으로 놀러 다니는 게 아주 신나는 모양이다. 개구리알을 잡아 왔다면서 며칠이 지나도 흥분상태다. 개구리알은 어린이집에서 키우다가 다시 원래 있던 곳으로 돌려보낸다고 했다.

물론 나는 공동육아만이 최선이라고 주장하고 싶지는 않다. 모두가 공동육아를 하는 건 현실적으로 불가능하거니와 혹 가능하더라도 그것 역시 획일주의라 반갑지 않다. 아이를 키우는 방법은 아이와 부모에 따라 얼마든지 다양할 수 있다.

어떤 어린이집, 어떤 유치원, 어떤 초등학교를 보내더라도 가장 중요한 것은 아이를 행복한 인간으로 키우는 것이다. 그러기 위해선 무엇보다 아이의 자율성과 창의성을 키우는 데 관심을 기울여야 한다. 아울러 아이에게 자연과 친해지고 생명을 존중하고 이웃과 더불어 사는 방법을 알려 주어야 한다. 물론 부모도 그렇게 살아야 한다.

머리나 말이 아닌, 몸으로 사랑하라

시간 가는 줄 모르고 빠져든 책도 나중까지 기억에 남는 구절은 아주 드물다. 한때 엄청 많이 팔렸던 『믿는 만큼 자라는 아이들』을 읽은 엄마들 중에도 그 책에서 도대체 어느 부분이 가장 인상적이었냐는 나의 질문에 망설임 없이 딱 두 가지를 뽑아내는 경우가 많다. 집안이 좀 어질러져 있어야 아이들의 상상력이 자라는 것 같다는 나의 아전인수적인 가설이 그 하나고, TV를 볼 때도 온 가족이 좁은 소파에 몽켜 앉아 몸을 밀착시키고 서로 발가락 하나라도 걸쳤다는 나의 동물적 스킨십이 그 두 번째다.

요즘 들어 글쓰기의 치유력에 대해 많은 이들이 강조하는데 내 경험에 의하면 결코 과장이 아니다. 청소가 적성에 맞지 않고 능력도 처지는 나의 뻔뻔한 고백에 수많은 여성들이 격하게 공감하는 모습에 오히려 내가 얼마나 큰 위로를 받았는지 아무도 모를 거다. 쿨한 척했지만 마음속에는 주부로서의 열등감이 자리 잡고 있었기 때문이다. 워킹맘들은 말할 것도 없고 겉으로는 깔끔쟁이의 화신처럼 보이는 전업맘까지 평소 집 안 정리하기에 그토록 스트레스를 받고 살았다니 어찌 큰 위로가 되지 않겠는가. 그들은 민망스럽게도 나를 대한민국 주부들이 공통으로 앓고 있던 청소강박증으로부터 해방시킨 선구자쯤으로 추어올렸다.

여러 엄마들로부터 스킨십에 대한 이야기가 참 감동스러웠다는 말을 들었을 땐 솔직히 좀 의아했다. 어린아이들을 키우는 엄마라면 다들 그러고 사는 줄 알았기 때문이었다. 곰곰이 짚어 보니 내가 아이를 키우던 당시에는 도시에서는 모유보다 분유를 더 많이 먹이고 아이들에게 과도한 스킨십을 자제하도록 권장하는 서구식 육아법이 인기를 끌었다.

우유가 모유보다 영양가가 훨씬 높을 뿐만 아니라 여성의 체형을 아름답게 유지하려면 절대로 모유수유를 하면 안 된다고 했다. 우유도 정해진 양을 정해진 시간에만 줘야 한다고 했다. 뒤통수를 동그랗게 살리기 위해서 아기는 태어나는 순간부터 항상 엎어 재우는 것이 좋다고도 했다. 아기를 만지기 전에는 반드시 손부터 씻어야 하고 예쁘다고 자꾸 뽀뽀를 해 대면 병균을 옮길 수도 있으니 조심하라는 육아지침이 보급되던 시기였다. 이웃사람들이 귀엽다며 아이 머리를 쓰다듬는 것도 못 하게 해야 한다고 했다. 요즘엔 누구나 상식으로 알고 있는 이런 지침들이 당시 젊은 엄마들에게 새로운 육아법으로 각광받기 시작했다.

그때부터 오랫동안 모유수유를 기피하던 엄마들이 요즘에는 가능한 한 아기에게 모유를 먹이려고 노력하게 되었으니 정말이지 세상은 돌고 도나 보다. 첫손자를 만나러 미국에 갔다가 큰며느리가 젖몸살을 심하게 하면서도 아기에게 젖을 물리는 모습을 보고 울컥했던 기억이 잊히지 않는다.

모유를 먹고 자란 내 손주세대는 우유를 먹고 자란 그 부모세대보다 정서적으로 훨씬 더 안정된 세대일 거라고 예상한다면 지나친 단순화일까. 하지만 우리가 위 세대의 전통적인 육아방식을 송두리째 부정하고 무조건 서구적인 육아법을 따르는 사이, 사람들의 정서가 극도로 피폐해지고 범죄율이 치솟는 등 온갖 사회병리적 문제가 불거진 건 부인할 수 없다.

이야기가 너무 거창해져 버렸다. 내가 말하고 싶은 건 아무튼 한동안 우리는 아이를 너무 세련된 방식으로, 달리 말하자면 매우 이성적인 방식으로 키우려고 애썼다는 점이다. 아니 냉정한 방식이라고 해야 하나.

나는 젊었을 때 어미 짐승이 새끼를 물고 핥고 빨며 키우는 것처럼 아이를 키운다고, 아무리 봐도 요즘 배운 여자 같지 않다고 흉을 많이 잡혔다. 시어머니까지 나의 육아법이 너무 촌스럽고 비위생적이라고 주의를 주셨다.

아주 잠깐 동안 헤어졌다 만나도
'엄마!' 하고 팔을 벌리며 달려들 때
그 몸과 몸의 부딪침,
내 무릎에 머리를 베려고 서로 경쟁할 때의 몸싸움들,
이런 것들이 너무 좋았다.

요즘은 어릴 때 스킨십을 많이 할수록 아이가 심리적으로 안정된다는 이론을 모르는 사람이 없을 것이다. 하지만 내가 유난스럽게 아이들과 몸을 비벼 대며 살았던 건 아이의 정서를 안정시키기 위한 깊은 생각이 있어서가 아니었다.

난 그저 본능적으로 아이들과 체온을 나누는 것이 좋았을 뿐이었다. 특히 소파에 앉아서 아이를 내 무릎에 앉혔을 때 조그만 머리통이 내 턱을 간질이는 그 기분이 참 좋았다. 머리통으로 전해져 오는 온기가 서툰 가사노동에 시달린 나의 몸과 마음을 따스하게 덥혀 주었다. 시장을 가든지 은행이나 동사무소에 가기 위해 아이 둘을 양손에 잡고 막내를 들쳐 업었을 때도 마찬가지였다. 아이들의 조그만 손과 등에 업힌 작은 몸에서 내 몸으로 전해지는 그 충만감.

그리고 아주 잠깐 동안 헤어졌다 만나도 이산가족 상봉하듯 '엄마!' 하고 팔을 벌리며 달려들 때 그 몸과 몸의 부딪침, 엄마가 시무룩해 있으면 금방 눈치채고 얼굴을 비벼 대며 엄마를 웃기려고 애쓸 때의 그 작은 배려들, 엄마 무릎에 머리를 베려고 서로 경쟁할 때의 몸싸움들, 이런 것들이 너무 좋았다.

아이와의 스킨십은 아이보다 나의 정서를 안정시키는 데 특효약이었다. 어쩌면 엄마의 행복감이 아이에게 그대로 전해져 아이의 정서안정에 크게 기여했는지도 모르겠다. 부모 자식 간에도 서로 사랑한다는 말을 자주 할수록 좋다고들 하는데 내 생각에는 말보다 더 중요한 것이 몸으로 표현하는 게 아닐까 한다.

아이들이 커 가면서 스킨십은 표 나게 줄어들었지만 그래도 학교 갔다 돌아왔을 때 엄마가 집에 있으면 인사만 하고 방 안으로 쑥 들어가 버리지 않고 엄마를 껴안는 습관만은 버리지 않았다. 나란히 앉아 TV를 볼 때도 손을 잡거나 기대거나 어깨에 손을 얹었다. 아이들 중에서도 가장 오래 업혔던 막내와의 스킨십이 자연히 더 오래 지속되었던 건 당연한 결과이겠지.

'고개 숙인 아버지'에 대한 연민이 노골화되기 시작한 건 이미 오래전 일이다. 은퇴나 실직으로 사회에서 밀려난 아버지들이 가족으로부터도 소외당해, 서럽고 외롭고 괴로운 노후를 보낸다는 이야기이다. 일각에서는 돈을 최고의 가치로 여기는 사회에서 돈 버는 기계로서의 유효기간이 지나니까 아버지를 무시한다며 아내와 자녀들의 냉혹한 이기심을 비판하지만 그것은 너무 단순한 분석이다.

그 또래 아버지들은 대부분 직장에 헌신하느라고 가족과 함께 지낼 시간도 없었던 데다 그 위 세대 아버지들의 가부장적 가치관을 그대로 따랐기 때문에 설사 시간이 나더라도 아이들과 소통하려는 노력을 하지 않았다. 하물며 스킨십이라니.

자신이 그렇게 자랐기 때문에 아이들과 대화나 스킨십을 안 해도 아버지를 존경하고 사랑하리라고 착각하며 살았던 거다. 게다가 아이들에게 시종일관 엄격하게만 대했다면 상황은 더 나빠질 수밖에 없다는 것을 전혀 예상치 못했다가 정작 은퇴를 한 후에야 뒤통수를 맞는 기분이었을 거다.

그런 면에서 요즘 젊은 아빠들의 미래는 확연히 달라지리라고 생각한다. 며느리들이야 또 그 나름으로 남편에게 불만이 있을 수 있겠지만 우리 아이들이 자기 아이들과 노는 모습을 보고 있노라면 '이 애들이 내 남편의 아이들 맞아?' 싶다. 완전히 다른 행성에서 온 남자들 같다.

내가 관여하고 있는 공동육아 모임에서 젊은 아빠들을 만날 때마다 그들의 세심하고 거침없는 아이 사랑법에 감동을 느낀다. '이런 아빠들이 점점 늘어나면 여성들과 아이들이 행복하게 살 수 있는 사회가 성큼 다가오겠지?'라는 희망에 마음이 환하게 밝아진다. 그 즐거움 때문에 별 도움도 못 주면서 공동육아모임에 열심히 기웃거린다.

젊은 엄마들 사이에 포대기가 인기를 끌기 시작했다는 뉴스도 정말 반갑다. 보기에는 촌스러울지 몰라도 아이와 엄마가 모두 편안해 보이지 않는가. 포대기처럼 아이와 엄마의 몸을 밀착시키는 아기띠는 세계 어디에도 없는 것 같다.

아이를 어떻게 성공시킬까 먼 미래를 걱정하는 대신 지금 어떻게 하는 것이 아이와 나의 행복을 극대화시킬 수 있을까를 생각하면 좋겠다. 가장 쉬운 방법은 아이를 머리나 말로 사랑하지 말고 몸으로 사랑하는 것이다. 온몸으로.

에필로그

–

멋지다, 젊은 엄마

지난날은 다 아름답게 기억되는가.

돌이켜 보면 참 쉽고 편하고 재미있게 아이를 키웠다. 그렇다고 언제나 천국이었던 건 아니다. 때로는 너무 힘들어서 다 팽개치고 어디론가 날아가 버리고 싶은 적도 한두 번이 아니었다. 시간을 되돌릴 수만 있다면 결혼 전으로 돌아가고 싶은 마음이 불쑥불쑥 솟았다. 내 한 몸 간수하기도 서툰 내가 무슨 배짱으로 이 험한 세상에 아이를 셋씩이나 낳았는지 스스로도 납득이 안 돼 그럴 때마다 애먼 아이들에게 짜증을 부려 댔다.

그중에서도 가장 힘들었을 때는 첫아이 낳고 둘째를 낳을 때까지의 2년간이었다. 군복무 중이던 남편이 제대를 하기 전까지는 전적으로 내가 가계를 책임져야 했기 때문에 직장을 그만둘 수 없었다. 당장 아이를 키워 줄 사람을 구해야 했다. 당시만 해도 도시에는 일자리를 찾아 농촌에서 올라온 사람들이 넘쳐 나던 시대였던지라 사람 구하기가 지금보다 상대적으로 쉬웠던 건 사실이지만 예나 지금이나 적

합한 사람을 찾기란 보통 힘든 일이 아니었다. 연줄연줄로 겨우 예순쯤 되는 여성을 찾아 놓고 산후 20일 만에 출근할 수 있었다. 하지만 한쪽 다리가 조금 불편했던 그녀는 알고 보니 중증의 알코올 중독자였다. 퇴근하고 돌아오면 집안에 술냄새가 진동했다. 두 번째는 가정불화로 집을 나온 중년여성이었다. 교양 있고 품성이 고와서 안심하고 맡겼는데 고작 두 달 만에 집으로 돌아가 버렸다. 폭력을 휘두르는 남편 곁으로. 결국 시어머님이 먼 친척뻘 되는 아주머니를 소개해 주셔서 겨우 마음 놓고 아이를 맡겼다.

1970년대는 국가가 일하는 여성의 육아를 걱정해 주던 때가 아니었다. 제 아이는 제가 알아서 키워야 하던 시대였다. 경제성장을 위해 여성의 사회진출을 강력히 요구하면서도 다른 한쪽으로는 중산층 여성이 아이를 두고 직장을 다니는 것에 대해 곱지 않은 시선을 보내던, 철저히 이중적인 시대였다. 생계 때문이건 자아실현 때문이건 아이를 낳고도 계속 일해야 했던 워킹맘들은 안팎으로 죄의식에 시달렸다. 사회적으로 성공한 여성들은 매스미디어와 인터뷰할 때마다 자신이 일과 육아를 완벽하게 해내기 위해서 얼마나 잠을 조금 잤는지에 대해서, 그리고 남성보다 몇 배나 애썼는지에 대해서 강조하고 또 강조했다.

슈퍼우먼이 될 자신이 없었던 나는 두 번째 출산과 더불어 일에서 물러났다. 다행히 남편이 제대해서 조그만 회사에 취직한 후였다. 이제야 겨우 일머리를 알 만한 시점에 퇴직하게 되니 아쉬움이 작지 않았지만 솔직히 말하면 해방감이 더 컸다. 일과 육아라는 두 개의 짐을 지고 계속 걷기에는 이미 몸도 마음도 지쳐 버렸다.

정말 다행스럽게도 난 육아에 적성이 맞았다. 그래서 둘째가 조금 크자 셋째를 낳았다. 아들 둘만 키워도 인성이 파괴된다는 말이 있는데 아들 셋을 키우면서도 인성이 크게 망가지지 않은 걸 보면 확실히 애 키우는 데 적성과 능력이 있긴 있는 것 같다. 막내가 초등학교에 들어가면서 난 엄마라는 직업을 전일제에서 파트타임으로 돌리기로 결정했다. 다시 사회생활을 하기 위해서 그 기초작업으로 대학원에 들어갔다.

꼭 10년 동안의 전일제 엄마노릇에서 벗어나 사회에 나온 나는 출산 후에도 경력 단절 없이 수십 년 동안 왕성하게 활동해 온 여성들을 많이 만났다. 그들 중에는 간혹 비혼녀들도 있었지만 기혼녀들이 훨씬 더 많았다. 나름 열심히 살았다고 자부했던 나는 솔직히 그런 여성들 앞에서 주눅이 들곤 했다. 동시에 맹렬한 궁금증이 일었다. 그래서 무슨 직업을 가졌든지 아이를 평균 두셋씩 키워 가면서 계속 일을 해 온 여성들을 만날 때마다 다짜고짜 물었다. "아이는 누구에게 맡기셨어요?"

말 붙이기 어려울 정도로 도도한 기상이 흐르던 여성들도 그 질문 앞에서는 순식간에 무너지기 일쑤였다. "아이고, 말도 마세요. 애들 키울 때 고생하던 거 생각하면." 아이들이 다 장성해서 든든하게 자리 잡은 엄마들도 하나같이 수십 년 전 일이 어제처럼 떠오르는 모양이었다. 많은 경우, 시어머니나 친정어머니가 키워 주셨지만 가정부한테 전적으로 맡긴 경우도 그만큼 많았다. 시어머니나 친정어머니가 키워 주신 경우엔 심리적으론 훨씬 편했지만 육아방식의 차이로 인한 갈등, 눈치 보기 때문에 가슴앓이 안 한 이가 없었다. 가정부 육아는 더 말할 필요가 없었고.

아이들이 아프거나, 성적이 떨어지거나, 갑자기 반항하거나 또래로부터 왕따를 당할 때는 내가 무얼 위해 일을 하는 걸까 싶어 다 때려치우고 싶었던 적이 한두 번이 아니었다고 입을 모았다. 지금도 결혼이나 취업 등에서 아이들 일이 잘못 풀리면 모든 게 엄마 탓인 것 같아 잠을 못 이룬다고 했다. 일에선 그토록 당당한 여성들도 자신의 엄마노릇에 대해선 열이면 열이 아픈 부분이 많다고 고백했다. 아, 엄마사전에는 졸업이란 단어가 아예 없나 보다. 누군가 말했듯이 살림과 엄마노릇은 죽어야 끝나는가.

난 그들을 위로했다. 일을 그만두고 오로지 아이 키우기에만 전념했다 해도 자신의 엄마노릇에 자신감을 갖는 여성은 극히 드물다고. 오히려 일도 안 하면서 아이만 키웠는데도 아이를 제대로 못 키웠다는 자격지심에 괴로워하는 엄마들이 더 많을지도 모른다고. 되지 않는 위로였을까.

내가 다시 내 일을 찾은 지도 어느새 30년이 흘렀다. 여성과 육아에 관련된 일을 하다 보니 모든 연령대의 여성들을 많이도 만나고 다녔다. 여성들의 가장 큰 고민은 언제나 일자리 찾기와 육아문제였다.

나는 며느리들에게 늘 미안하다. 여성운동을 자그마치 30년이나 해 왔다는 시어머니가 그들을 위해서 해 놓은 게 너무 없어서다. 그동안 어찌어찌 호주제가 폐지되고 남성들의 역차별을 거론하기까지 하지만 실제로 여성이 육아와 일을 양립시키기 어려운 건 내 시대와 달라진 게 거의 없잖은가. 며느리 하나는 출산과 더불어, 또 다른 하나는 일과 육아를 힘겹게 병행하다가 더 이상 못 견뎌서, 그리고 다른 하나는 겨우겨우 파트타임으로 일을 놓지 않고 있다. 그중 두 명은 우리 가족을 통틀어 제일 고학력자들이다.

이제 갓 마흔인 큰며느리 말로는 친구들 중에 계속 일을 하는 경우는 결혼을 안 했거나, 돌싱이거나, 친정어머니가 맡아 주거나 하는 경우밖에는 거의 없다고 한다. 상황이 내 시대와 똑같다. 탁아모를 구한 경우에도 경제적 출혈과 심리적 아픔을 각오해야 하는 것도 마찬가지이고. 간혹 전생에 나라를 구했는지 인근의 국공립 어린이집에 들어갈 수 있는 로또에 당첨된 경우도 있긴 하지만 그렇다고 따로 아이를 돌볼 손길이 없어도 된다는 얘기는 아니란다. 모두들 하루하루를 힘겹게 넘기면서 아이들이 빨리 크기만을 기다리지만 아이들이 크면 더 큰 문제, 즉 교육문제가 기다리고 있기 때문에 앞이 막막하다고 한다.

큰애가 결혼하겠다고 했을 때 난 예비며느리 면전에서 뭐 하러 결혼하느냐고 했는데 며느리는 농담으로 받아들이는 것 같았다. 하지만 진심이었다. 내 아들보다 훨씬 더 공부에 적성과 능력이 있어 보이는 며느릿감이 결혼 후 얼마나 큰 걸림돌에 부딪칠지 뻔히 보였기 때문이다.

그렇다고 해서 모든 여성이 자기 일을 하기 위해선 결혼을 하지 않아야 한다고 주장하려는 것은 아니다. 또는 아이를 낳지 말아야 한다는 것도 아니다. 나는 때때로 결혼을 후회하는 적도 적지 않지만 그래도 결혼이나 출산은 안 하는 것보다 해 보는 게 낫다는 쪽이다. 우리 아이들 말대로 난 대책 없는 결혼주의자에 출산주의자니까.

언제부터인가 낮은 출생률에 대한 걱정이 국가의 최대현안으로 떠오르고 뒤늦게나마 출생률 제고라는 오직 한 가지 목적으로 갖가지 보육정책을 쏟아 내고 있다. 문제의 본질을 보지 못하는 어떤 이들은 여성들이 자신만 생각하는 이기심 때문에 국가의 미래를 암울하게 만든다는 헛소리로 여성들의 분노를 산다.

하지만 솔직히 난 이만한 출생률도 놀랍기만 하다. 아니 전후좌우를 둘러봐도 남성들보다 한결 뛰어난 여성들 천지인데 그 많은 여성들이 어떻게 이렇게 아이 키우기 어려운 나라에서 감히 아이들을 쑹쑹 낳는 거지? 겉만 똑똑해 보이는 바보들인가, 아니면 어떤 난관도 헤쳐 나갈 수 있는 불멸의 영웅들인가.

난 며느리들이 고맙고, 미안하다. 주위의 많은 또래들이 자식이 결혼을 안 해서, 아이를 안 낳아서 혹은 못 낳아서 노년에도 마음이 편치 않다고 하소연하는데 나는 '무슨 복을 지었길래' 혼자 룰루랄라 하고 사는지, 모든 게 다 며느리들 덕이니 고맙다. 그리고 또 배운 것도 많고 일에 대한 열정도 큰 재원들이 아이들 때문에 몇 년째 일을 놓고 있는 걸 보면 미안하다. 혹시 본인들은 백세시대에 맞추어 나름대로 현명하고 치밀하게 인생계획서를 써 놓고 잠시 아이 키우는 기쁨을 만끽하고 있는지도 모르지만.

아무튼, 이 아이 키우기 어려운 대한민국에서 용감하고 씩씩하게 아이를 낳아 키우고 있는 젊은 엄마들, 만세!다.

다시 아이를 키운다면

초판 1쇄 발행 2013년 5월 15일
초판 27쇄 발행 2018년 12월 10일
개정판 1쇄 발행 2019년 5월 30일
개정판 9쇄 발행 2025년 2월 3일

지은이 박혜란
펴낸이 이수미
일러스트 김지혜
북 디자인 정은경디자인
마케팅 임수진
종이 세종페이퍼 **인쇄** 두성피앤엘 **유통** 신영북스

펴낸곳 나무를 심는 사람들
출판신고 2013년 1월 7일 제2013-000004호
주소 서울시 용산구 서빙고로 35, 103동 804호
전화 02-3141-2233 **팩스** 02-3141-2257
이메일 nasimsabooks@naver.com
블로그 blog.naver.com/nasimsabooks
인스타그램 instagram.com/nasimsabook

ISBN 979-11-86361-90-0 (03810)